玄光社

数码单反摄影
Digital SLR
轻松学
Beginners Guide

冈嶋和幸（日）著

井岗路 译

中国摄影出版社
china photographic publishing house

写给想迅速掌握数码单反相机的摄影爱好者！

在胶片相机时代，为了提高摄影水平就只能依靠更加熟练地了解和使用好照相机。但是，现在就不同了。近年来数码单反相机的简单入门机都具有令人惊叹的高性能，全自动化程度基本上保证了没有失败的照片。可是，要想拍出更好的照片就有赖于好的拍摄技巧了。如何能拍出更高水平的照片，相机的性能或许只是因素之一，而拍摄者本人对摄影技术的理解程度就更显重要了。所以，我们尽量从相机的操作过程中解放出来，把这部分的精力用于摄影作品的创作过程，这才是走向提高摄影水平最捷径的方法。本书强调了在拍摄过程中，拍摄者把目光锁定在什么位置，以此体现作者的主观意识。对于使用数码单反相机的摄影爱好者来说，我们要推荐的不仅仅是对相机的熟练使用，而要使拍摄者通过对摄影技术的深刻理解令拍照水平有所提高。

数码单反摄影
Digital SLR
轻松学
Beginners Guide

目录
Contents

p.53

p.59

p.69

p.79

p.103

p.105

p.117

第五章 强调气氛的创作技巧 ········· 97

215

Chapter 1

数码单反相机初阶

数码单反vs胶片相机

"即影即现！
与胶片相机相比，成本低廉"

数码相机最具有魅力之处就在于照完相马上就能够看到摄影效果。不像胶片相机那样需要等待冲洗过程。

胶片相机的时代，大家能够体会到在没有看到照片时那种"拍的好不好？"的焦虑不安，如果失败了，那种失望的心情又如何去解脱。但是，数码相机能够在拍摄之后马上就可以确认成果，即使失败了的话也能马上重新拍摄，非常方便。

数码相机用被称为"感光器"的部分把照片拍下来，保存到被称之为"记录媒介"的存储卡里。存储卡里保存照片的容量是有限度的。但是，把照片转移到电脑或者是其他的保存场所，存储卡就可以反复地使用了。也就是说，你也就不必在乎在胶片和冲洗上所需要的花费，可以尽情地拍摄照片了。

数码相机拍下来的照片，因为是数据，就不会发生胶片老化的问题，在家里如果有电脑和打印机的话，自己就可以打印出照片了。如果没有电脑的话也可以拿着存储卡到附近的数码冲印店去打印，也就能得到像胶片时代那样的打印照片了。

数码照片从拍摄到打印的流程

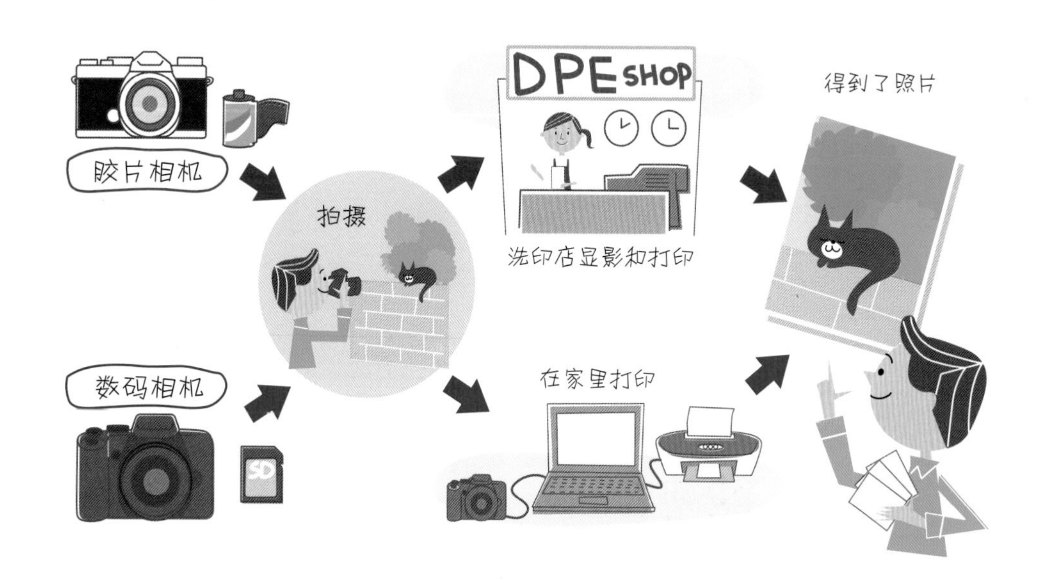

胶片时代

Film camera

不显影的话看不到照片

胶片时代不显影和扩印的话是看不到照片的，如果发现了拍摄失败的时候也没有挽回的余地了。

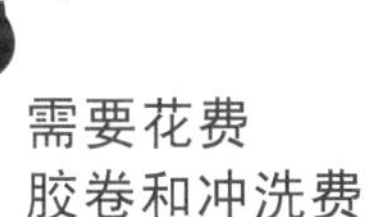

需要花费胶卷和冲洗费

在洗印店里需要把拍完了的胶卷进行显影。拍的越多胶卷费和冲洗费越贵。

要进行数据化时需要扫描

把胶片或者是照片储存到电脑里的话，需要进行扫描。

数码时代

Digital camera

存储卡可以反复使用

保存在卡里面的照片数据转移到电脑或者是其他地方以后，存储卡就可以进行反复地使用。

拍摄完毕之后马上就可以看到效果

拍摄之后马上就可以在显示屏上看到照片，即使失败了的话当场就知道，马上可以重新拍过，让人放心。

利用电脑进行简单的操作

把照片数据很容易地转移到电脑里去方便使用。需要打印的照片在没有电脑的情况下也可以拿到冲印店里直接要求打印张数。

数码单反vs小型数码相机

"可以简单快速地更换镜头
拍出高清晰度的照片"

一般的小型数码相机是可以看着后面的显示屏来进行拍照的。它的快门速度是和你看到想拍摄的时间有一定的差距，也就是我们常说的快门不同步，通常会错过我们想抓拍的那一瞬间。

数码单反相机的成像是通过镜片反射。我们通过取景器把看到的景色拍摄下来，没有时滞的影响，而且非常易于操作。因为数码单反相机要比小型数码相机在性能上高出很多，在拍摄过程中减少了很多不必要的烦恼，全自动对焦性能又使我们在对焦上提高了速度和准确性，对于捕捉被摄主体具有十分明显的优势。拍摄者依赖这种高性能的相机，即使是一位初学者也不会拍出太过失败的照片。

数码单反相机不仅仅在机械性能上，而且在操作性能上同样非常优秀，而且和一般的小型数码照相机相比，即使有着同样多的像素，但是因为它装载的感光器（CCD）要大很多，所以图像清晰度、成像质量也要好得多。

小型数码相机虽然在携带上方便，但是它的镜头是固定的。数码单反相机在携带上虽有不便之处，但它的镜头是可以交换的，这样我们在构图变化上可以自我表现，尽情的发挥。还有，单反相机的镜头型号很多，性能各不相同，但是无论什么样的镜头都比小型数码相机的镜头有优势。

相机的构造和拍摄方式的不同

小型数码相机

Compact

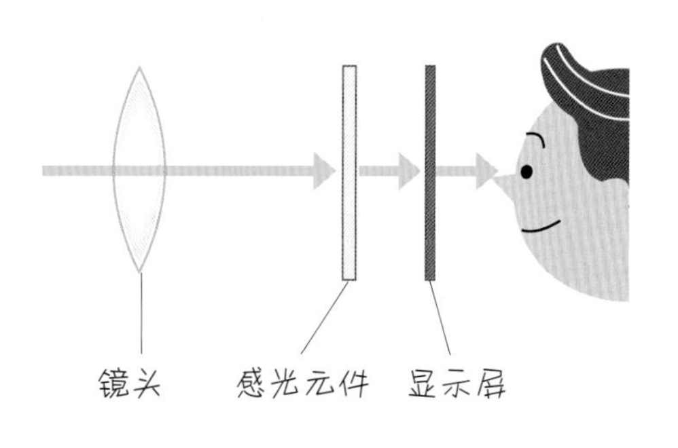

数码单反相机

Single Lens Reflex

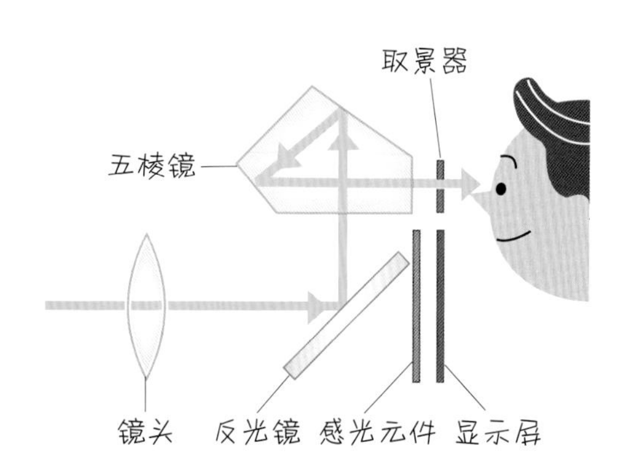

小型数码照相机

Compact

镜头是固定的，不能进行交换

小型数码相机体积较小，使用简便与携带。但是因为镜头是固定的，在购买时你需要选择适合你拍摄目的的机型。

快门速度不同步

在照相机性能上不是很全面，而且快门速度不同步，经常会失去抓拍瞬间。

图像处理的时候清晰度容易降低

像素又小，而且镜头性能的原因清晰度上不是很理想，再进行图像处理的话清晰度又会降低。

数码单反相机

Single Lens Reflex

镜头可以交换能够提高照片的表现力

能够选择适合自我表现的镜头，分别使用不同用途的镜头，可以享受到创作中的无穷乐趣。

相机的机械性能和操作性能好

照相机的机械性能和操作性能都非常优秀，使拍摄者经常依赖照相机，克服不利的因素，拍出成功的作品。

高清晰度打印大的照片也很漂亮

像素又大，镜头的性能又好，可以得到高清晰度的图像。就是经过了图像处理，图片的清晰度有所降低，也不会影响打印的效果。

使用数码单反相机拍摄时的必需品

“拿着相机要出门拍照时，请再一次地确认不要遗忘必需品”

在购买数码单反相机时，厂商通常都提供成套的相关必需品供你选择，另外需要你购买的大概就是存储卡了。如果只买了相机机身的话，那就还需要购买镜头。

对于一般的拍摄者来说，买那种配备变焦镜头的套机就能够享受到拍摄的快乐了。首先从这一支变焦镜头开始尝试为好，当然以前胶片时代的相机镜头有的也是可以用在数码单反相机上的。

充电电池和充电器也是照相机的附属品，数码相机如果没有电池的话是不可能拍照的。当然我们不能忘记装在相机里的电池，更重要的是如果电池没有电了的话，我们的拍摄就不可能再继续下去，所以每次拍摄之后都要进行充电。一般来说充好了的电池通常可以保证一天的拍摄。但是，为了防止万一的情况，我们通常再带上一个备用电池为好。建议你在旅行的时候把充电器也带上。

存储卡，如果和小型数码相机的卡是一样的话也可以使用。但是，数码单反相机的像素尺寸比较大，容量如果小的话装不了多少就满了，所以我们也建议你多带备用的存储卡。

Check it!

存储卡的推荐

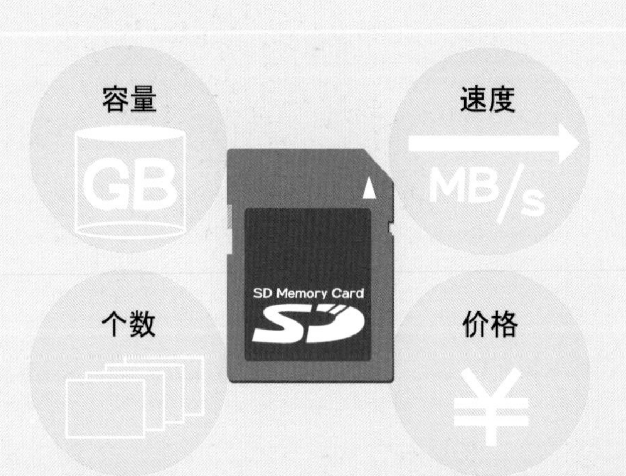

虽然价格会高一些，我们还是推荐大容量，存取速度快一些的存储卡。当然，如果不是在连拍量大的情况下，标准存取速度的存储卡也没有问题。有关容量上，小容量的卡多准备一些也无妨。如果1000万像素的单反相机，8G的存储卡可以说是目前性价比较佳的选择。

相机机身

Camera

数码单反相机的机身。如果有小的垃圾和灰尘进入机身内部的话，就会影响到照片的素质。在不使用镜头时，必须把机身用机身盖子给盖好。

镜头

Lens

与镜头和机身为一体的小型数码相机不同，数码单反相机在没有镜头的情况下是不能进行拍摄的。首先我们要求相机和镜头厂家的一致性，另外还有针对有名厂家机身而生产的镜头。

存储卡

Media

数码相机上代替胶片的就是存储卡。没有存储卡的话是不能进行拍摄的。使用的存储卡的种类和照相机的机种也是有所不同的。照相机机身的附件里不包括存储卡，需要另外购买。

电池

Battery

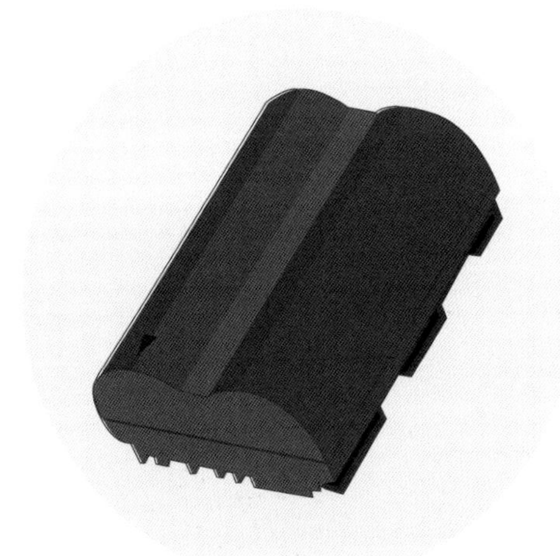

数码照相机在没有电池的情况下是不能进行拍摄的。能够使用市面上卖的五号电池的机种也是有的，但大多数的机种都是使用专用的充电电池。不要忘记充好电再装进相机里。

数码单反相机的常用配件

“配备和充实些适合自己风格的相机附件 使自己的拍摄水平有所提高”

数码单反相机要比小型数码相机在拍摄配件上有很多选择。基本上来讲，买了机身、镜头和存储卡以后就可以马上开始进行拍摄了，对拍摄范围和拍摄风格上有所追求的摄影者来说，你还需要准备一些其他的相机配件。当然也不用一次都准备齐了，必需品从最有必要的配件开始购买为好。

镜头可以更换是数码单反相机最具有魅力的地方。镜头配件的标准有一支变焦镜头就能满足拍摄者的基本要求，如果拥有两只镜头就会使拍摄兴趣又提高了一倍，并且拍摄的表现力也有了成倍的提高。从广角到望远各种各样不同用途的镜头是非常丰富的，所以推荐你不仅仅有变焦镜头，最好还拥有定焦镜头。要想拍摄花卉特写的话，还要准备微距镜头。

就镜头来说，有遮光罩和滤色片等等的配件。三脚架和快门线也不仅仅是拍夜景时的必需品，在有些场合的情况下也是有用的道具。这些对于拍摄者来说都是必要的配件。三脚架不是那么轻易就能损坏的东西，相对来讲也许能用一辈子，相机和镜头也是同样，你不要在价格上妥协，要买到你自己最称心如意的。另外，相机硬箱和存储卡，还有相机包等等的附属品方面你也可以买到你喜欢并且实用的相关产品。

Check it!

三脚架的推荐

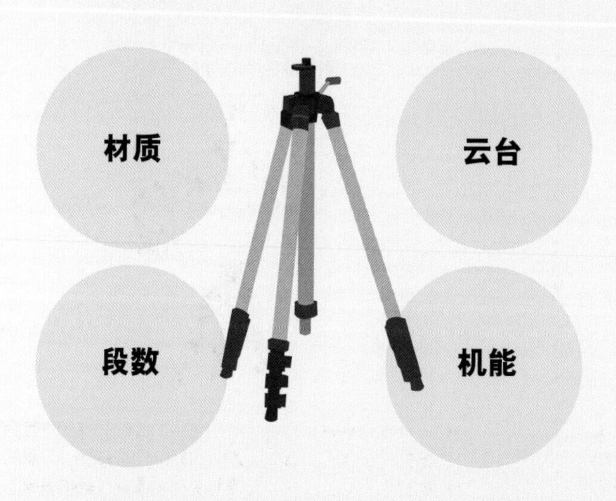

三脚架，尽可能地使用结实稳固的为好，但是太大太重的脚架在运输过程中不是非常方便。虽然我们推荐相对轻一点的三脚架，可是，在支架的底部还是尽可能的粗一些，把支架全部都拔出来以后也不会摇晃的为首选。三脚架中央支架的下方装有小钩子为好，这样我们可以把带有重量的相机包挂在上面，能起到一个固定的作用。云台通常就以个人的喜好来选择为好。

更换镜头

根据自己的摄影范围和摄影风格来决定准备什么样的镜头，这样可以使拍摄者能够对应更加广泛的拍摄环境。把几个不同性能的镜头灵活地运用起来能够使拍摄者对作品的体现力大大提升。

遮光罩

装在镜头的前端，把多余的光线进行遮挡使照片的主体更加完美的体现。在室外拍摄时，尤其是在逆光的时候更加突出它的作用。镜头和遮光罩最好一起购买。

三脚架

虽然拿着三脚架去拍照有些不方便，但是在拍夜景的时候三脚架是不可缺少的工具。在拍摄风光和体育照片时也需要画面的稳定，室内和光线暗的场合，为了防止手端不稳的情况下使用三脚架还是有效的。和快门线一起来用比较理想。

快门线

我们也可以使用相机上的自拍装置，在拍纪念照和夜景的场合为了防止相机震动，使用快门线是非常方便的。根据相机的种类不同，也许有的相机没有设置快门线的装置，有遥控式的装置，其作用都是一样的。

Chapter 2

用数码单反试着拍一拍

Start Book

端稳相机的正确姿势

“为了防止手抖动确保构图时的稳定性，
我们要切身体会拍照时手持相机的姿势”

如果能够正确掌握拍照时的姿势，我们就可以防止在拍照时最容易因手抖动和焦距虚而产生的失败照片的原因。在构图上起到了非常重要作用的因素就是要把相机给端稳了，现在我们就开始练习。

拿数码单反相机的姿势和胶卷单反相机的方法基本是一样的。相机必须两手端住，轻轻地靠近脸部，依靠双手和脸部的三点为支架而使相机具有稳定性。站立时的姿势，把相机端住，两臂和两肋轻轻地夹紧，双腿分开距离与两肩同等使身体保持稳定。

姿势不稳定的时候构图困难，而且在使用望远镜头的时候会犹豫不决。还有，不能半按快门锁住焦距，在构图时就会产生焦距跑了的现象而使作品主体焦距不清。姿势不稳定也会使拍摄过程中产生手抖动，最后的成像虚了。

在昏暗的室内或者是拍摄夜景的时候快门速度比较慢，稍微的身体晃动也会造成照片虚。这样，就需要把胳膊肘支在桌子或者身体靠在墙上加强相机的稳定性来进行拍摄。我们还是尽量地推荐使用三脚架为好。使用三脚架能够防止拍照时的手动形成的成像虚，但是不能阻止在拍摄时所发生的被摄主体本身移动所造成的虚像。

相机横拍

右手紧握相机的把手处，食指轻轻地放在快门上，拇指支撑在相机的后部。

左手从相机的底部轻轻地托住，拇指食指和中指可以转动镜头为好。

相机竖拍

相机的把手处在上方的场合使相机的灵活性比较好。因为右胳膊全部都打开了稳定性不好，所以左胳膊一定要夹紧。

相机的把手处在下放的场合使相机的稳定性比较好。因为左胳膊容易打开右胳膊就必须夹紧。

使用三脚架

三脚架可以防止手动造成虚像和提高构图时的稳定性。在姿势上和手端相机时基本上是一致的。

站姿

两腿展开的距离和肩宽一致，稍微地让一只脚轻轻地迈出一点可以提高下半身的稳定性。

不稳定的场合

保持上半身的水平是非常重要的。两腿前后展开，单腿弯曲等等动作目的就是要保证身体的平衡。

低角度摄影

单腿膝盖点地使下半身稳定。在另一条腿的膝盖上支撑拿相机胳膊的重量使其稳定。

利用长条椅

左手放在长条椅子上来增加稳定性。快门速度慢的情况下使用这种方法可以防止手抖动造成虚像。

利用桌子等

两只胳膊肘都支撑在桌子的上面，长时间的拍摄条件下也不会感到疲劳。使用望远镜头时也容易构图，非常方便。

利用树木和墙壁

快门速度慢的情况下，仅仅把身体依靠在树木或者是墙壁上的时候就可以防止手抖动造成虚像。

拍摄模式的选择

“完全依赖照相机的程序模式比较方便和放心，不会失败”

所有的数码单反相机里都给使用者准备了“拍摄模式”。拍摄模式主要分为“全自动程序模式”(P)、“光圈优先模式”(A)、“快门优先模式”(S)、“手动曝光模式”(M)大约四种。这些可以在相机的转盘上简单地进行设置，也可以通过相机内的显示屏上的表示来选择和设定。

全自动程序模式是在相机里根据光圈和速度两方面已经自动设计好了的拍摄模式。光圈优先模式和快门优先模式是根据拍摄者事先选择好了的光圈值或者是快门速度，而另一方面则由相机自动来对应。手动曝光模式是需要拍摄者在光圈和速度两方面都要进行选择和设定。

通常我们都是推荐使用全自动程序模式。尽可能地使用不会产生手动造成虚像的快门速度，还要考虑到不会影响到图片清晰度的光圈值，所以选择使用全自动程序模式既方便又灵活，可以让拍摄者能够拍出完美的作品。请注意这决不是向初学者限定使用的拍摄模式。

光圈和速度不仅仅可以调整作品明亮度，而且也能够得到其他的效果，这就要在必要的时候使用光圈优先模式和速度优先模式了。目的不是非常的明确而使用了全自动程序模式以外的模式就有可能拍出失败的照片。有关光圈，快门速度和曝光上的问题我们在第四章会逐一解答。

Check it!

选择场景模式不行吗？

有的照相机上也设定了称之为“场景模式”，专门用来拍摄人物，风景和体育的照片。这种模式是最合适用来拍摄这样的被摄主体和场面的，如果有方便实用的性能我们还是要积极地利用起来。当然这都不是万能的，有时候你不能拍到你所理想的照片时，还是会换到其他的拍摄模式上去，拍摄者可以根据现场的情况自己来设定拍摄模式。

光圈优先模式

把光圈设定了以后，照相机里的快门速度也就自动来进行调整了。光圈开大使得背景虚化，光圈缩小使得画面景深锐度提高等等，根据需要焦点显示的范围我们可以进行拍摄。

全自动程序模式

光圈值和快门速度两方都由照相机自动来设定。拍摄的过程中根本不需要考虑过多细节，可以快速抓取瞬间而不用担心。拍摄者能够轻松地进行构图和对焦，也就可以集中精力来描述所想表达的创作思想。

快门优先模式

把快门速度设定好了以后，照相机里的光圈也就自动来进行调整了。拍摄动体的一瞬间需要短时间的快门速度来定格，要表现带有动感的画面就需要快门速度慢一些。

手动曝光模式

光圈和快门速度都是需要拍摄者自己手调来确定。相机根据你的设定组合进行曝光，使用这种曝光模式通常需要长时间的经验累积。

对焦的方法

“灵活正确地使用全自动对焦方法克服焦距不实”

全自动对焦又分为单焦点对焦和动态连续对焦为主的两种对焦模式。基本上可对静止不动的拍摄对象使用单焦点对焦模式，在运动中的拍摄对象使用动态连续对焦模式。

单焦点对焦在使用中可轻轻地半按快门自动对焦启动锁住焦距。适合用来拍摄静止的或者是动感小的被摄主体，但是也不是万能的，请大家能够多加体会和练习。扬长避短地熟练掌握是非常必要的，不仅仅是克服焦距不实的缺点还要提高自己的抓拍水平。

比如说，不擅长拍摄在笼子里的动物，或者是远近被摄主体混为一体的情况下的全自动对焦。蓝蓝的天空和平坦的大地等等都是不好全自动对焦的。无论哪一方面都要改变对焦对象来练习，实在不行的情况下只能使用手动对焦模式来对应了。

有不少的人可能有：数码照片“焦距不实可以用电脑后期来修改”的想法。确实有图像处理的软件可以将一些焦距不实的照片进行修改，那只是视觉上的一种掩饰而已。和焦距实的照片相比较就显示出不自然。后期制作可以拯救焦距不实的照片，但如果你把重点都放在后期制作上那你就很难拍出好照片来了。

全自动对焦点放在最中间为理想

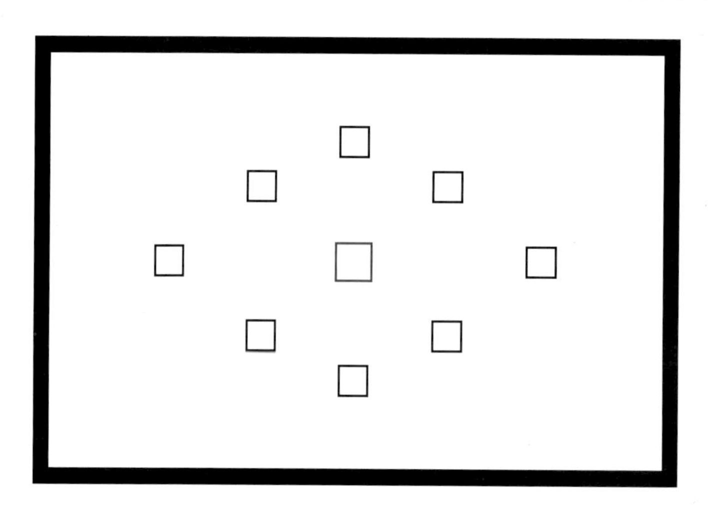

全自动对焦点是指对焦时相机里对焦小方块的称呼。如果拍摄对象不在画面中央时的构图，选择中央对焦点以外的地方比较好对焦。但是，最容易对焦的地方就是中央对焦点。很多的时候都是把主体焦距对好以后才进行大范围的构图调整，我们也是推荐使用中央对焦点对焦，然后半按快门锁定焦距。

确定锁住焦距

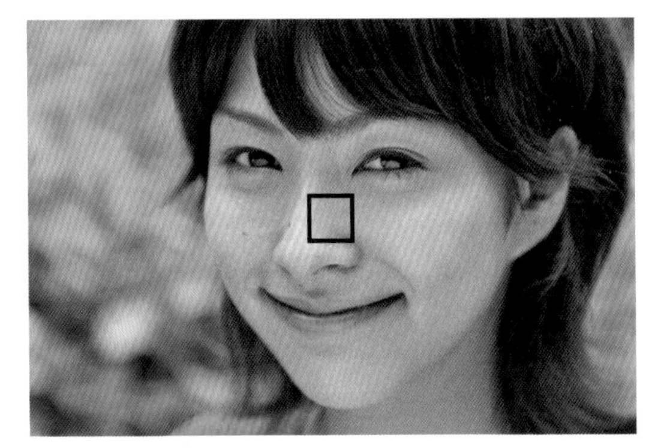

决定构图

首先，通过取景器决定构图。

锁定焦距

轻轻地按下快门（半按快门）启动相机的自动对焦，把自动对焦的小方块重合在你需要对焦的位置。

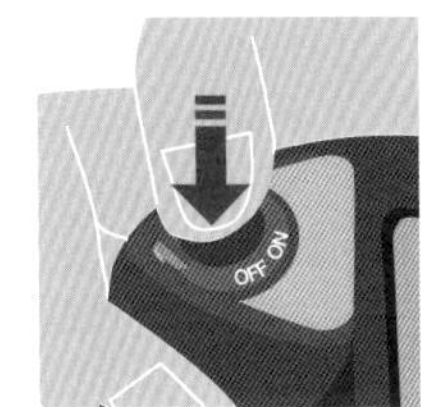

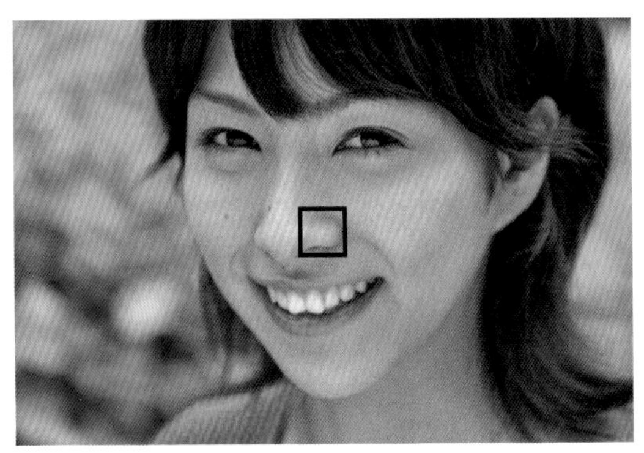

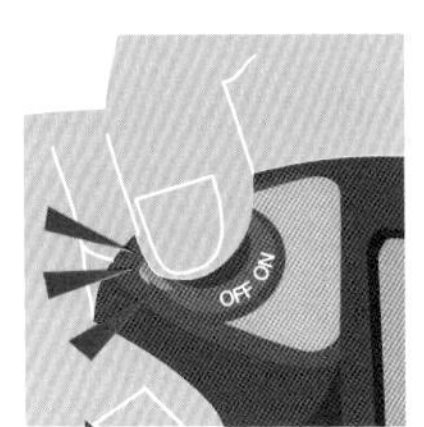

重新调整构图拍摄

半按快门的时候只是锁住了焦距，构图调整以后按下快门进行拍摄。

拍摄动感主体时，怎么办？

用单焦点对焦模式来拍摄动感主体时比较难以对付，我们就用动态连续对焦模式来拍摄。动态连续对焦模式是半按快门锁住焦距期间，相机的焦点都是对准被摄主体的。冲着相机的方向来或者是远离相机的方向的被摄主体都是可以追随的，比较合适体育摄影的拍摄。但是，拍摄体育照片的时候，比如说运动会的竞走，棒球的击球和发球等都是事先可以知道他们的活动位置的话，用单焦点对焦模式进行焦点锁定来等待抓拍瞬间的方法既简单又能保证拍摄的成功率。

镜头的常识

**"区分广角，标准，望远等镜头的性能，
充分了解它的拍摄效果使作品表现力得以提高"**

镜头里基本上分为"广角"、"标准"、"望远"三种不同领域的分类。广角镜头是用来清晰地拍摄大范围的镜头。标准镜头是最接近人的视觉，具有直率的描写魅力。望远镜头的特征是把远处的景物拉近放大了。拍摄人物用中型望远镜头，体育和野外拍摄动物的时候不能靠近被摄主体而使用超望远镜头来拍摄最为方便。

视场角就是指在照片里能够具有拍摄范围的角度，镜头的焦点距离越短，也就是说画面的视场角度变得很大，镜头的角度也就越大。相反的，镜头的焦点距离越长，也就变得望远，画面的视场角度也就越小了。旁边的照片表现了从镜头到被摄主体之间保持一定距离的情况下拍摄的。镜头越广角拍摄的范围越广泛，被摄主体就越小；用望远镜头来拍摄到的范围越窄，被摄主体被拍摄的画面越大。

光圈值也是设定在同一个档次来拍摄的，镜头越广角可以看到焦点实的范围越广泛（也叫景深）也就越深，拍摄的画面全体焦距就越实。用望远镜头拍摄的主体焦点的附近焦距就实，但是后面的背景就虚化了。

有不少的人认为景深的调整是根据光圈的大小来决定的。但是，也请大家记住也跟镜头的焦点距离的变化有关。

Check it!

小景物用微距镜头来拍特写

微距镜头是把细小的被摄主体或者是被摄主体的一部分拍摄成充满整个画面特写的摄影镜头。像花卉和小饰品一样的细小的东西来进行拍摄是最方便的了。被摄主体的周围环境也想摄入镜头时使用标准微距镜头，不能近距离拍摄而且想拍摄特写的时候就需要使用中型望远微距镜头或者是望远微距镜头。

焦点距离和视场角的关系

广角镜头是用在拍摄宽广的风光和在狭窄的室内，用一张照片就能表达广阔的含义。可以灵活地表达作品中体现宽阔和远近感的意义所在。

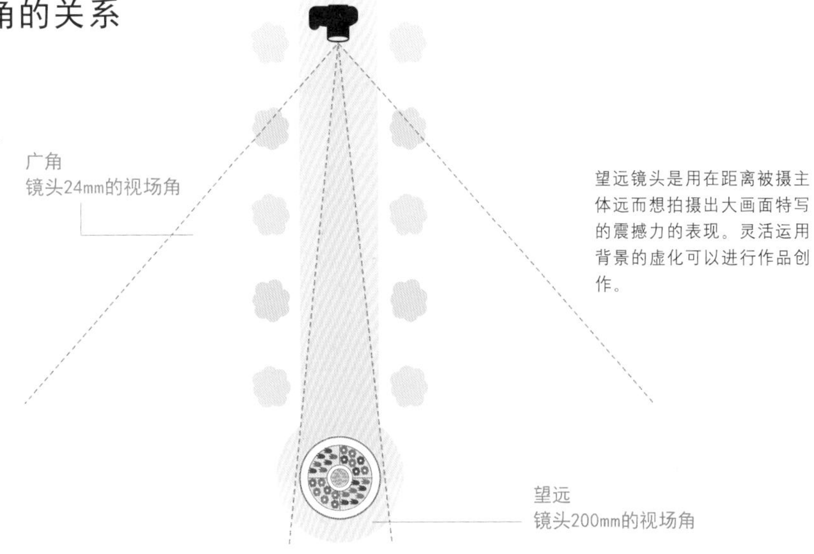

望远镜头是用在距离被摄主体远而想拍摄出大画面特写的震撼力的表现。灵活运用背景的虚化可以进行作品创作。

焦点距离和视场角的变化

24 mm

35 mm

50 mm

70 mm

100 mm

200 mm

调整照片的明暗度

“如果稍微地想提高一些照片的亮度，在拍摄时可以进行曝光补偿”

照相机内藏的曝光器计算出来的曝光量我们称之为“标准曝光时间”，根据拍摄者的意向吻合的曝光时间我们叫它“适当曝光时间”。标准曝光时间和适当曝光时间有时是一致的，但有时虽然是标准曝光时间如果不进行调整的话也不能变成适当曝光时间。适当曝光时间根据拍摄者的创作偏好也会有所不同，适当曝光时间的判断实际上是由拍摄者自行掌控。曝光时间的详细介绍请参照第4章。

因为数码相机在拍摄完毕之后马上就能看到照片效果，首先拍下第一张照片以后马上从后面的液晶显示屏进行确认为好。通常拍摄者会以照片的明暗度来判断曝光是否正确，如果不满意的话就利用照相机里的曝光补偿功能来进行必要的调整。明亮度大小的判断，最重要的地方是在于拍摄者最想表达自己想法的那部分的明亮程度，而不是画面的全体。

如果在曝光补偿的判断上犹豫不决的时候，就需要把明亮度分成几个程度来进行拍摄。这样的话，同一画面会有几档不同的曝光值照片，自己可以在电脑前慢慢地去选择了。绝大多数的数码单反相机里都带有自动划分等级性的曝光补偿系统，我们也可以利用它。

经过图像处理的照片的画质会变差

太明亮的照片（曝光过度）或者是太暗的照片（曝光不足）都可以在电脑上用图像处理的功能进行调整。但是，经过处理的图像或多或少都是会降低照片的清晰度，和适当曝光的照片进行比较就能看出两者的区别。

曝光过度的照片在图像处理时要降低亮度就必须提高它的黑白光比。曝光不足的照片要提高亮度就必须使它的光比降低，从而得到的图像噪点就会变得非常明显。而且，太暗就会黑成一团，太亮就会没有了颜色，这样的照片无论你如何来调整失去那部分的颜色和质感都是体现不出来的了，这两个极端怎样调整都只能是变成灰色。还有，只要稍微地调整一下，照片中的淡色调的部分都可能产生阶梯一样的条状模样。

但是，为了把照片做出更自然的效果，后期的图像处理也是我们的重要手段之一，为了拯救拍摄时的曝光错误有时候我们也不得不进行必要的后期图像调整。所以拍摄之后大家一定要养成看显示屏进行确认的习惯，如果不满意照片的曝光时间建议马上进行曝光补偿来重新拍摄，直到拍到满意的照片为止。

拍完的照片不一定是你理想的曝光时间

稍微有点亮

+ 0.7　　+ 0.3　　±0　　− 0.3　　− 0.7

稍微有点暗

用标准曝光时间拍的照片

增加曝光补偿时间的肖像照能够体现人物清新透明的感觉。在天气条件不好和人物肤色发暗的情况下是有效果的。

用标准曝光时间拍的照片

减少曝光补偿时间可以体现照片颜色的深度，强调色彩。在风景照片里提高画面整体效果是有效的。

Chapter 3

如何捕捉最美的风景

Start Book

良好的观察意识可以使拍照变得更加有趣，才能令你拍出完美的作品

“不仅仅是熟练地使用相机而是要对被摄主体和场面具有观察力才是提高拍摄水平的关键”

数码单反相机里所具有的功能不是万能的，有的是要靠拍摄者的操作来完成。和以前的胶片相机相比所不同的是，现在的数码相机只要按下快门谁都可以轻松地拍摄到焦距清晰曝光准确的照片。我们可以从照相机繁多的性能操作中解脱出来充分享受拍摄的乐趣。

能够熟练地使用照相机的各种性能只是拍出好照片的保证之一。抓拍瞬间的对应能力是考验拍摄者对相机性能的了解和对影像理性认识的理解问题。缺乏对抓拍瞬间的把握，拍摄者只能拍到曝光正确和焦点对好的照片，却无法得到引人入胜的好照片了。

在遇到能够成为作品的情景时，如何取景抓拍，拍摄者的应对能力是很重要的，实际操作时，拍摄者在拍照的过程中不是把重点放在照相机上而是在观察被摄主体和它的周围环境上下功夫。

在这里，我们把拍照时需要加强观察意识的四个重点举出来：“光线”、“距离”、“高度”、“背景”，当然在拍摄的一瞬间全面地同时来考虑这些重点是比较困难的。首先，在拍摄的过程中我们加上这其中的某种观察重点来进行练习为好。注重了以上几点可以使你的照片有机会成为好作品，在拍摄当中注意积累经验才能够让你在以后的抓拍中可以更准确把握拍摄时机，快速定格影像。

照相机的操作尽可能地简单化

近年的数码单反相机都是高性能的，使用相机里的自动系统要比自己频繁操作更能拍到好照片，这是因为它能够让你有更多的精力放在拍摄创作上。

光线

有太阳光照射在被摄主体上的照片和没有太阳光的照片，在照片的效果上有很大的区别。因为被摄主体显现的颜色会有很大的差别，拍摄者可以根据自己所需要的意图来选择光线，对于光线的认识可以得到更加深刻的理解。

距离

镜头的焦点距离，拍摄者和被摄主体之间的距离，被摄主体与背景之间的距离等等，把这些因素全部都组合起来排列能够得到各种各样的表现方式。综合考虑被摄入镜头里被摄主体的大小和背景的范围，来决定它拍摄距离。

高度

被摄主体的表现方式和被拍摄入镜的背景也是根据拍摄者拍照时的相机高度来变化的。如果没有意识到的话也就和自己的目测水平成一样的了。一边细心地观察被摄主体的特征形象，一边来寻找被摄主体最富有魅力的高度。

背景

选择不同的背景会改变了照片的效果，所以在拍摄主体的同时也要注意到主体后面背景的选择。可以将镜头的焦距变一变、拍摄者站的位置动一动来寻找最能衬托被摄主体最富有魅力的背景进行拍摄。

光 意识到光线的作用

角度与强弱等来增加照片的表现力。注意观察光线的方向，

摄影，名副其实就是把光影拍下来，有了光与影才可能体现出照片具有各种各样的表现力。太阳光对被摄主体的照射和主体被反射的光都能改变照片的效果。要细心地观察光线的方向和角度以及光线的强弱，灵活地加以运用使作品的表现力得以提高。

如果被摄主体的是人物时，要看清楚太阳光的来源和人物脸部朝向，拍摄者能够自己移动位置来改变照相机的拍摄角度。但是，拍摄者不可能把背景也进行移动，拍不到你所理想画面的情况也是有的。在拍摄不能移动被摄主体比如风景和建筑物的照片时，就要选择能够表现作者意图的光在适当的天气和时间段里来拍摄。

选择光线时最好注意到被摄主体影子的形状。这不仅仅是太阳光和被摄主体之间的位置关系，被摄主体的表面凸凹程度也关系到影子的形状有所不同。光与影，也就是画面中明亮的部分和黑暗的部分之间的平衡非常重要。亮部和暗部的比例不同也使被摄主体的表现方法有所不同。

根据季节、时间段、气候的好坏使光线强弱的不同对被摄主体的表现也有所不同。拍摄的过程中要灵活地掌握和区分软光(散射形态)、硬光（直射形态）的运用也是非常重要的。

光源的方向

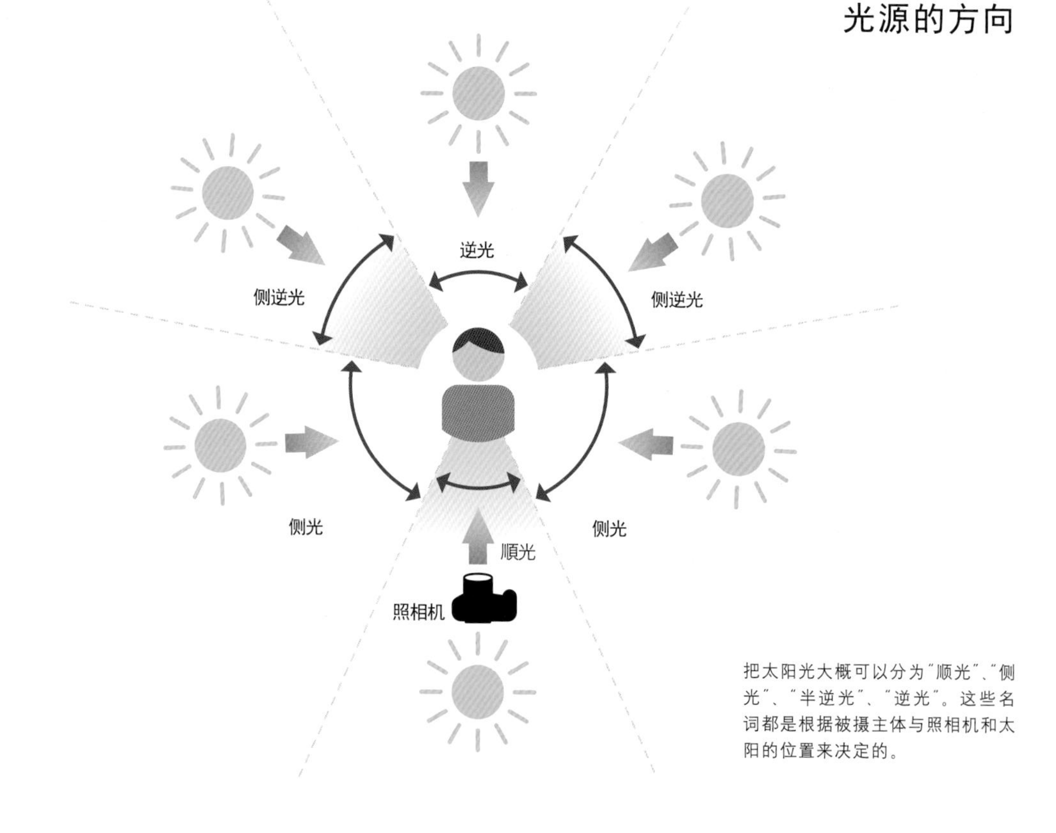

把太阳光大概可以分为"顺光"、"侧光"、"半逆光"、"逆光"。这些名词都是根据被摄主体与照相机和太阳的位置来决定的。

光线的角度

太阳的高度时刻都在不断的变化之中。即使在相同的时间段根据季节的不同太阳的高度也是有差异的。早晚拍摄的时候一定要事先把日出和日落的时间了解清楚为好。

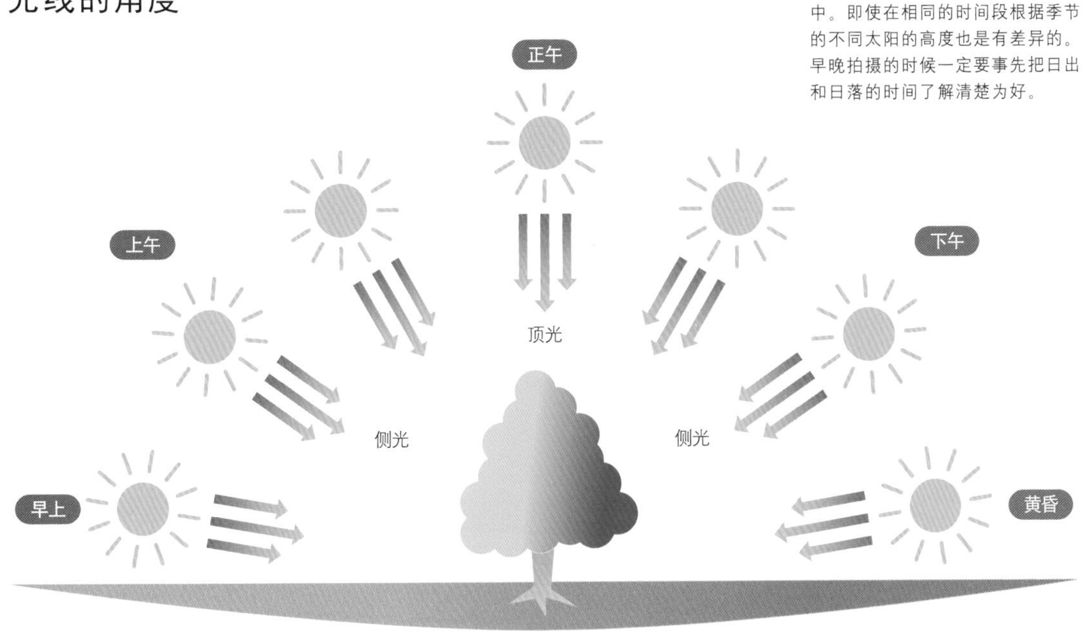

光的强弱

柔光

早晚的太阳光给人一种柔和暖色的印象。影子也很长，非常适合浪漫情调的表现。

强光

正当午的太阳反差非常强，能够加强色彩的对比。影子的线条非常明显，也能够体现立体感。

柔光

多云的时候，薄薄的云层柔和了强光的照射，能够得到比较平面的柔和光线。

柔光

晴天时候的正午到背阴的地方也能够得到柔和的光线。但是，阳面和背阴的明亮部反差极大，拍摄时要注意。

顺光拍摄色彩丰富的风景照片

春天的新奥尔良群岛。南岛的湖畔上开满了各种各样颜色的鲁冰花。我想把这风景如画的场景拍下来，使用了变焦镜头的广角端，贪心的欲望让我拍摄下了大前景照片，鲁冰花被拍摄的太小了。但是，我并没有使用变焦镜头的望远部分，还是用广角部分而把身体更加靠近鲁冰花以后，感觉到可以强调远近感，使照片的纵深度加强了。景深前后清晰，主体突出。因为是多云的天气，太阳一会儿露出头来一会儿又隐藏起来。因为鲁冰花没有阳光照射的时候颜色比较暗淡，所以拍摄者应该注意观察云层的移动，等待时机按下快门。

Check Point

观察被摄主体是不是完全在太阳光的照射下

在万里无云的时候，天空和风景完全在太阳光的照耀下，谁都能够拍摄到和明信片一样漂亮的作品。虽然能够很容易地得到这样色彩鲜明的照片，比起有云的天空和风景里有明有暗立体感比较强的照片还是有些逊色，逆光和侧逆光拍摄容易令画面千篇一律，很难给人留下新鲜的感觉。在晴空万里和薄云遮日的情况下，顺光拍出来的效果也是不同的。试一下，在湛蓝的天空下有几朵白云飘过时进行拍摄，你会得到一张色彩鲜艳同时立体感明显的好作品。

Stepup!

Q 还想要照片再鲜亮一些的话 → A 调高色彩对比 P.110

Data!

焦距（mm）	拍摄模式	光圈（F）	快门（秒）	曝光补偿（EV）	ISO	WB	对焦方式
24	P	8	1/250	+ 0.3	100	☀	AF

利用光影表现
被摄主体的立体感

比日本早一步迎来了赏红叶季节的纽约中央公园。树上红叶、绿地上的落叶、蓝天上的白云相互映衬。这时候的太阳光非常柔和，使人们深切感觉到秋天的来临。季节是随着光与影对比强弱的变化而可以感觉出来的。光线很强而且是从头顶上照下来的是夏天，顶光柔和一些的是春天，柔和的斜光就是秋天了。侧光要比顺光更加能够感觉到阴影部分的存在。光线会受天气的影响，如果想得到你意向中的作品，就要掌握好太阳的高度，也就是说你的拍摄时间段很重要。

光与影的结合
能够体现作品的
立体感

Check Point

有了暗部的衬托，亮部才能吸引读者的目光

比起画面整体都被阳光照射到的照片，有着明暗对比的照片更使人们能够感受到照片的立体感和纵深感。而且，如果能有一束光的效果也能够吸引人们的注意力。这是因为人们的视觉有着被明亮的地方所吸引的倾向。当然，明暗度的平衡还是非常重要的，被摄主体在画面当中占有拍摄者最想表达的位置能够产生亮点，而它的四周暗淡一些的话，人们的目光就会被集中。但是，如果说越亮越好而造成曝光过度的话就会出现相反的效果了。拍摄者可以把着重想表达的部分用正确的曝光补偿来保证它的亮度。

Stepup!

Q 还想把秋天的色彩表现的更完美的话 → A 调整白平衡 P.92

Data!

焦距（mm）	拍摄模式	光圈（F）	快门（秒）	曝光补偿（EV）	ISO	WB	对焦方式
24	P	8	1/250	－0.3	100	☀	AF

利用曝光补偿改变透明度

在冲绳的竹富岛上散步的途中遇上了许多名叫“浅葱斑”的蝴蝶。我想以蝴蝶的视线高度来拍照而蹲下来的时候，侧逆光的效果使蝴蝶的翅膀看上去似透明一样，通过相机的取景器里看过去像玻璃做的。如果只是单纯地按一下快门只是得到一张和看到景象一致的照片。我首先用 +1EV 的曝光补偿试验地拍了一张来确认。通过液晶显示屏确认到了明亮度，但明亮度还是不够，又加了 +1.3EV 拍了一张，最后调整的结果用了 +1.7EV 拍到了满意的照片。背景的白云曝光过渡完全变成了白色，才得到了这样的透明感。

增加曝光补偿来提高透明度

最优先考虑拍摄者的意向而决定使用的曝光参数

如果认真地读了数码相机的说明书，就会发现书中写有“用心地控制曝光量而使之不要过度或者是不足”的词。这样说明是为了拍摄完毕后便于进行后期制作，不去考虑这个问题的话也就不用在乎它了。要优先考虑拍摄者自己的想法，拍摄者想引起人们的注意时会在重点的地方来调整它的明暗度。其他的部分太亮或者是太暗的话，会喧宾夺主。如果拍摄者对太亮或太暗有些在意的话，可以用别的方法来改善。拍摄途中要注重对画面主体的表现力，最主要的部分没有一个明确的表达就会使作品的整体效果过于平淡。

Stepup!

Q 还想提高明亮度 → A调整对比度 P.110

Data!

焦距（mm）	拍摄模式	光圈（F）	快门（秒）	曝光补偿（EV）	ISO	WB	对焦方式
50	P	5.6	1/1000	+ 1.7	100	☀	AF

逆光下拍摄人像的技巧

在为家人和朋友们尤其是为女性和儿童拍摄的时候，最理想的光源是利用柔和的光线。可是在阴天和多云的天气里拍摄的照片，光线是柔和但显得过于平淡而没有生机。我们最好就要利用逆光来拍摄。顺光和侧光拍出来的人物会造成脸部的阴阳分别，用逆光拍出来的照片既柔和又不会有阴影的部分出现。这也可以说是用来拍摄人物肖像时最简单的用光方法了。如果可能再加上闪光灯和反光板作为辅助光源，就能够得到比较完美的照片。调整曝光补偿来增加亮度也是非常重要的，肖像的拍摄就是要给人们一种明亮的印象，同时背景也亮一些的话会使整个照片具有透明感。

用逆光来拍摄
能够得到
柔和的感觉

Check Point

逆光下要拍出好照片秘诀就在于辅助光

在逆光下想拍出柔光的效果，人物不是站在向阳处而是站在背阴的地方了。但是，这样拍出来的人物脸部就会发暗而不亮丽，背景又过于明亮。这个问题就是要依靠辅助光来解决最为有效。最简单的方法就是利用照相机内藏闪光灯来补光。闪光灯也能使人物的瞳孔里带有眼神光而使肖像的表情更加生动。如果想得到更加接近自然的效果，我们最好利用反光板作为辅助光为好。反光板让助手来拿着，使用相对大一些白色的板子最好，在没有风的时候打开白色光面纸来做反光板也是可行的。

Stepup!

Q 还想更加突出人物肖像 → A 注意到背景的运用 P.70

Data!

焦距（mm）	拍摄模式	光圈（F）	快门（秒）	曝光补偿（EV）	ISO	WB	对焦方式
100	A	2.8	1/400	±0	200	AWB	AF

意识到距离的作用

被摄主体具有多样性
焦点距离和拍摄距离的合理运用能够使

拍摄者可尝试将镜头焦点距离和拍摄距离（指照相机到被摄主体之间的距离）两者合理运用，有效地运用两者之间的组合可以得到丰富多彩的表现方式。改变镜头的焦点距离，离被摄主体近一些或远一些就更加能够体现出拍摄者的技巧特征。

照片上的远近感，就是在画面中能够感受到远近的距离感。右页的照片上显示出我们改变了相机的焦点距离以后，并没有改变被摄主体在画面中的大小位置，而是仅改变了拍摄距离。从照片上可以看出焦点距离越短照片的纵深感越强，焦点距离越长照片的纵深感越弱。

用广角镜头靠近被摄主体越近越能够强调画面的远近感。相反，用望远镜头来拍摄也感觉不出来远近的距离了，好像被压缩了一样。这也叫做望远镜头的压缩效果。

景深是和拍摄距离有关系的。拍摄距离越短景深越浅，拍摄距离越远景深越深。充分利用视场角、远近感、景深的关系来合理运用，就能够得到多方面的表现效果。

焦点距离的不同拍出来的效果也不同

35 mm

用广角镜头拍摄会使景深很长，背景清晰。离被摄主体近可以强调远近感、纵深度。但使用广角镜头拍摄会出现它特有的变形。

100 mm

比起广角镜头来，用望远镜头拍摄，进入画面的背景范围减少了许多。靠近被摄主体也感觉不到远近，背景的虚化更加突出被摄主体。

焦点距离和远近感的变化

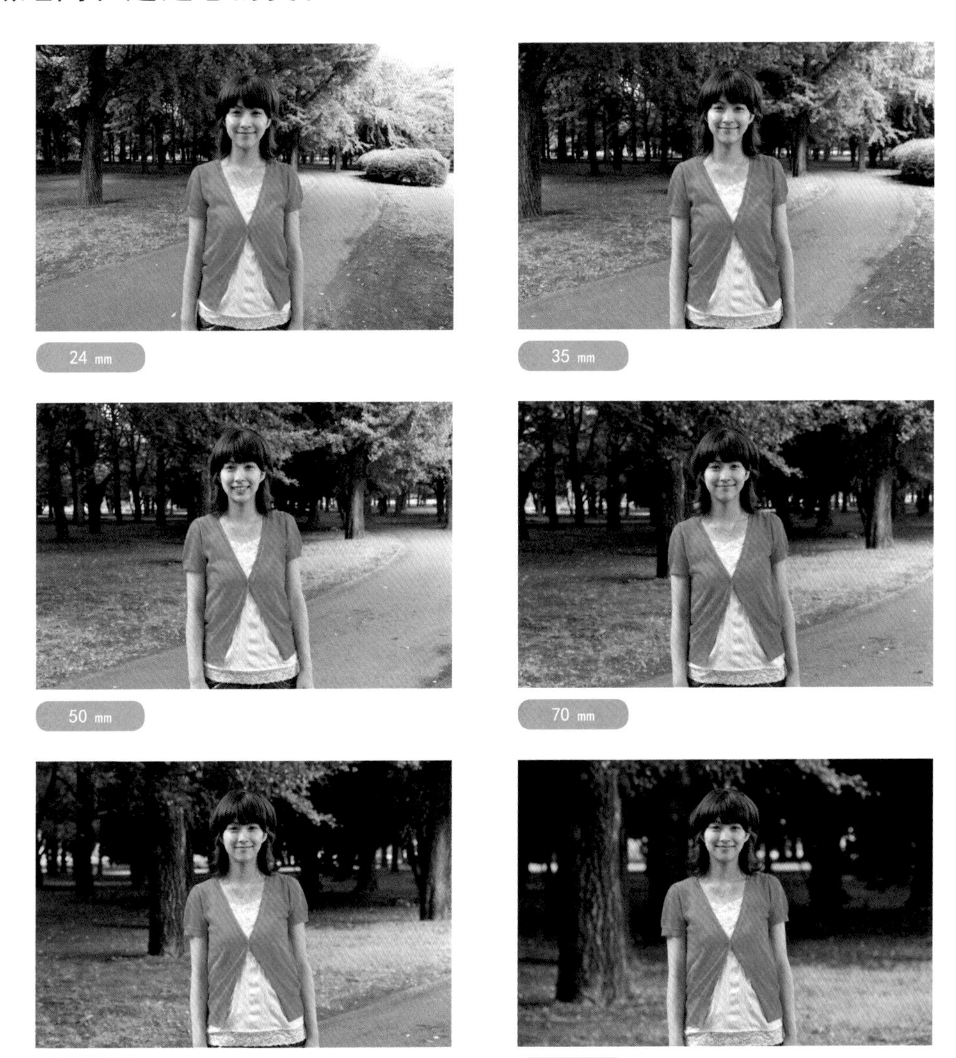

拍摄距离和视场角的关系

无论是使用广角镜头还是使用望远镜头，只要调整了拍摄距离就可以拍摄到等大的被摄主体。但是，拍入画面中背景范围的大小和远近感都是不一样的了。

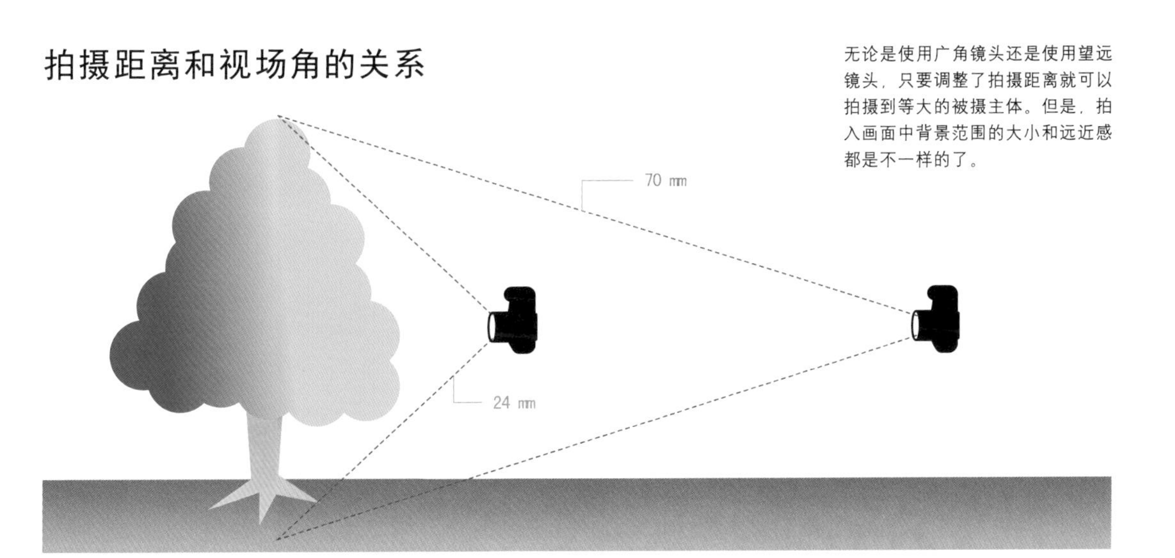

使用标准镜头同样可以创作完美的摄影作品

旅途中的记录，用小型数码相机或者是带有照相功能的手机来拍摄还是非常简单而方便的。但是，如果使用数码单反相机来拍摄不仅仅是得到高清晰度的画质，而且还能体会到亲临现场的感受。用变焦来操作，也不必去更换镜头，或者自己前后移动来进行调整。50mm 的镜头是根据人们的眼睛来设定而制造出来的，和人的视野感觉很接近。除去用广角镜头、望远镜头、微距镜头，如果你有一只 50mm 的标准镜头在手，你同样可以拍出丰富多彩的作品。灵活运用这样的拍摄技巧对你提高摄影技术会有很大的帮助。

Check Point

咖啡店或者餐厅，是你很好的创作地点

在咖啡店或者餐厅的时候，可以选择易于拍摄的位置就坐。白天的时候自然光可以照射在窗户上，明亮的光线很易于拍照。阳光直接照射进的情况下，拍摄者可以利用阴影而得到较高反差对比，在太阳光不能直接照射到的地方可以得到温柔和谐的柔光效果。还有，拍摄者坐在桌子的方向也是起到重要作用的。背对着窗户来拍摄的时候，要注意有可能自己的影子挡住了被摄主体的光线。在没有窗户的店里或者拍摄夜间的时候，室内照明的照射方向和被照射到的位置也会改变照片的效果。

Stepup!

Q 还想拍得更加清晰一些 → A 缩小光圈 P.86

Data!

焦距（mm）	拍摄模式	光圈（F）	快门（秒）	曝光补偿（EV）	ISO	WB	对焦方式
50	P	5.6	1/60	+ 0.3	100	AWB	AF

使用广角镜头
进行近景拍摄的技巧

花卉摄影是我们常常遇到的一类创作题材。现今很多城市的马路边都种植了许多美丽的花卉，和当地的城市景观融为一体。有些花卉的花瓣比较大，不用微距镜头也可以拍摄。通常，花卉摄影尽量会使所拍的花占据画面的主要位置，这样的话就需要用望远镜头来拍比较方便。但是，有时我们也会利用周边的环境来衬托所拍摄的花卉主体，所以用广角镜头尽量伸长你的肢体靠近花朵来拍摄，会得到不同的效果。例如右图中，在亮丽的蓝天和绿叶之间，花瓣像宝石一样在闪耀着光辉。

用广角镜头拍摄
能够强调
远近感

Check Point

用广角镜头尽量地靠近被摄主体来拍摄也很有趣味性

定焦镜头和变焦镜头的焦点距离能够明确地区分使用，想把风景场面拍大一些的时候用广角镜头，远处的景物想拍的大一些的时候用望远镜头，这是一般的常识。但是，你打破常规来拍摄，尽量地靠近被摄主体用广角镜头也是可以把小主体拍大的。而且，背景的范围也能广泛地拍摄进来，景深不浅，能够感受到主体周围的环境特征。也许你会在意对广角镜头特有的变形，可是能够强调照片的远近感和纵深感，展现出望远镜头所没有的而又有趣的表现方法，何乐而不为呢。但是，在顺光下拍摄的时候，也许照相机或者是镜头，或者是拍摄者自己的影子很容易进入到画面中去，拍摄的时候要注意。

Stepup!

Q 还想把背景更加虚化一些 → A 打开光圈 P.86

Data!

焦距(mm)	拍摄模式	光圈(F)	快门(秒)	曝光补正(EV)	ISO	WB	对焦方式
28	P	10	1/200	– 0.3	100	☀	AF

善于与被摄者沟通
在其最放松的瞬间按下快门

用望远镜头来拍摄人物，背景容易虚化而突出被摄主体。但是，如果望远镜头太大会使拍摄者和模特离得太远而得不到很好的交流。为了拍到模特最好的表情，和模特之间能够进行普通对话的距离为妥。50mm 左右的标准镜头也许是正好的。能够感受到模特和拍摄者之间彼此合适的空间，使看照片的人也能心情舒畅。如果拍摄者全身心地投入到拍摄过程中去而忽略了和模特的交流也许会起到相反的效果。我们可以使用自动程序模式来拍照，精力集中在模特身上。和模特一边聊天一边拍照，这样也会让双方都能在一个愉快而放松的环境中拍摄，这样你一定会收获好的作品。

Check Point

拍出有透明感的人物皮肤的窍门是进行加光补偿

拍摄女性时最好让主角看上去亮丽一些为好。曝光补偿的加光可以使人物的肤肌具有透明感而富有魅力。加光多少是根据拍摄者的喜好和经验来决定的。根据发型，化妆和服装的搭配，以及人物形象的感觉，背景环境的明亮、色彩等等做出相应的选择。还有，顺光拍摄和侧光拍摄时，阴影部分要特别注意，太亮会给人一种不自然的印象。用柔光对被摄主体进行平面光的照射也容易调整明暗度。模特穿着发暗的衣服，如果背景也暗的情况下衣服就容易发亮而失败，相反的在曝光补偿上我们做减光处理会拍到效果良好的作品。

Stepup!

Q 人物的肤肌要表现出健康的色彩 → A 成像模式设定 P.110

Data!

焦距（mm）	拍摄模式	光圈（F）	快门（秒）	曝光补偿（EV）	ISO	WB	对焦方式
50	A	1.4	1/400	+ 0.7	200	☀	AF

简化拍摄模式
将精力用于构图创作

轻柔的微风慢慢地吹拂着夏天的午后，在田埂小道上慢慢地散着步，心里想着如何去抓拍一个悠闲的镜头。开始一刻看到的是万里无云的天气，慢慢地地平线的那边浮起了白云。蝴蝶们也是迎风而上在飞行。想把看到的和感受到的景色拍下来，我选择了标准镜头，我把我眼前所看到的一切采用了横画面构图。根据画面的内容，把焦点锁定在绿草的部分。随即按下了快门。单反相机的操作仅仅就是这些。有了悠闲的心情才可能有灵感去拍照片。

用程序模式拍摄
把精力集中到
创作中去

Check Point

信任照相机也是提高拍摄水平的捷径

从前的照相机，基本上都是以手动为主的操作。拍摄者想要提高拍摄水平就一定要非常熟练地掌握相机的各种性能。现在则不同了，照相机的性能进化的很快，运用相机的程序模式拍摄完全可以不用再作过多考虑了。特别是近来的数码单反相机的入门机也具有非常高的性能，谁都可以简单而轻松地进行拍摄。依赖相机进行拍摄，可以把时间都用于作品创作当中去，非常方便。不用考虑和鼓捣手中相机的性能，就可以把全部的精力集中到眼前的被摄主体和场面中，这对于拍摄者来说是最重要的。这样肯定能够提高拍摄的水平。

Stepup!

Q 还想增加一些柔和的感觉 → A 调整对比度 P.110

Data!

焦距（mm）	拍摄模式	光圈（F）	快门（秒）	曝光补正（EV）	ISO	WB	对焦方式
50	P	5.6	1/800	±0	100	AWB	AF

高度

注意拍摄时的高度

取景方法都会发生变化。摄影角度一变，被摄主体的显现方式以及背景的

所谓拍摄角度，是指摄影时的位置以及照相机的角度。在从比被摄主体低的位置拍照时，我们称之为低角度取景，在从与被摄主体等高的位置拍照时，我们称之为平视取景。在从比被摄主体高的位置拍照时，我们称之为高角度取景。另外，从高处向下拍摄时，称之为俯瞰取景，从正上方垂直向下拍摄时，称之为正俯瞰取景。

调整拍摄角度不光只是坐在地上，或是趴在地上，或者是站在椅子上。有时候为了拍风景照时你需要登上高楼大厦，或是爬上山顶。根据被摄主体的大小需要调整的力度也不一样。最近有些单反数码相机有即时显示画面的功能，可以一边调整显示屏一边摄影，这使得低角度取景或是高角度取景变得越来越轻松了。

拍摄角度一变，通过取景器看到的被摄主体也会发生变化。这样背景的取景方法也需要适当的调整，这一点很重要。拍摄角度、镜头的焦点距离和拍摄距离的组合可以有很多种类。

低角度取景

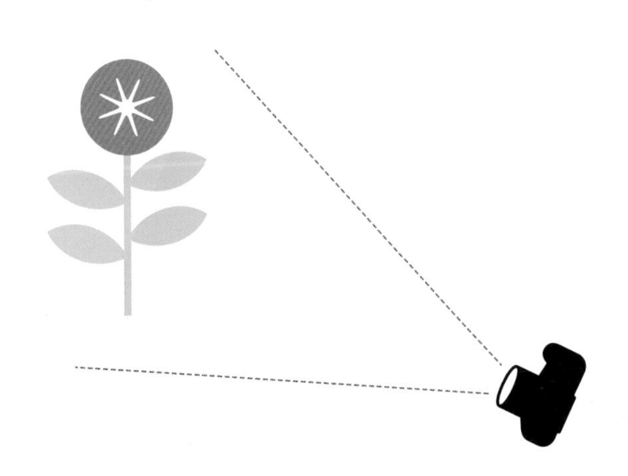

在低角度取景或是高角度取景时，广角镜头所带来的远近感会被更加显现出来，会更让人有一种高高耸立的感觉。

平视取景

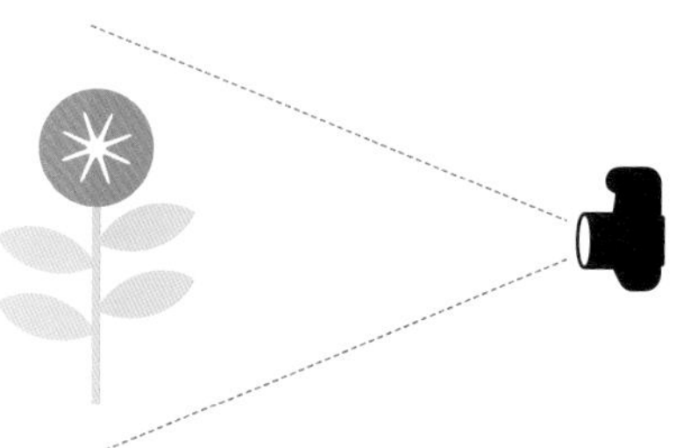

这是最常见的拍摄角度，在从与被摄主体等高的位置拍照，给人比较真实，自然的印象。

高角度取景

从高处向下拍摄的照片给人一种宽旷的感觉，被摄主体周围的情景被包含进去，照片的场景较大。

俯瞰取景

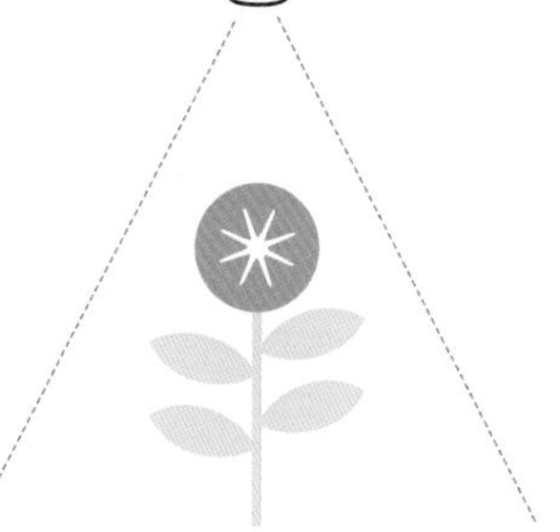

地面的物体通过俯瞰拍摄可以呈现被摄主体的立体感，航拍的照片多属于这种拍摄方法。

变化拍摄角度
对摄影会有新的认识

前面我们提到摄影角度的变化与被摄主体的显现方式及背景的取景方法都息息相关。我们要多尝试不同的角度拍摄同一物体。总是在从与被摄主体等高的位置拍照会让人感到乏味，有时还应该找些新的刺激。很简单，只要从与以往不同的高度看看你周围的情景，就会发现许多新的东西。要从高处看看比自己高的物体不太容易，但从低处往上看却很容易。时而从小孩子的角度观察观察也不妨，或许你还有勇气躺在地上拍照，不妨试一试从低角度拍摄。

Check Point

有了即时显示功能，低角度拍摄更方便

低角度拍摄时，拍摄对象越小，拍摄位置就要越低，否则就得不到很好的效果。有时候可能需要你把相机紧贴在地面上。这时侯你要看取景器时，可是难上加难。不看取景器取景的话，构图和对焦都将成为问题。在取景器上安上配件的拐角取景器也不是不可以，在这个时候有一台带有即时取景显示功能的单反数码相机在拍摄过程中最为理想。如果相机的液晶显示器是可旋转角度的话，任何一个角度的拍摄对你来说都会得心应手。

Stepup!

Q 想使阴影的部分亮一点 → A 使用辅助光进行补光 P.48

Data!

焦距(mm)	拍摄模式	光圈(F)	快门(秒)	曝光补偿(EV)	ISO	WB	对焦方式
35	A	2.8	1/1000	±0	200	☀	AF

根据被摄主体选择取景角度

散步在巴黎郊外的小镇上时我发现了这只小猫。看起来它不怎么怕人，即使再靠近也没有要逃走的意思。我把镜头焦距调到广角端，蹲在台阶上对准了小猫的视线。如同看人一样，要想接近被摄者，你只有配合对方的视线才可以。被摄主体是人的话这张照片应该是低角度取景，想拍摄猫的视线则应该是平视取景。图片中猫的表情看起来很好，背景也是猫眼里的世界，这样的照片能让人感受到有一种临场的气氛。被摄主体是小孩子的话应该也是一样的。

Check Point

半摁快门连续对焦

在拍摄像猫这样的不安分的主体时，最头疼的是对焦。猫动作没有规律使之无法预测。宠物摄影应该可以说是难度比较大的，这时请先将对焦模式由“单次自动对焦”改为“连续自动对焦”，同时开启相机的连拍功能。成功的诀窍是不断地半摁快门键使相机自然地对运动中的被摄主体进行连续对焦，来等待捕捉最佳的快门瞬间。这是一种需要耐性的摄影方法。

Stepup!

Q 防止宠物的晃动 → A 调高感光度（ISO） P.90

Data!

焦距(mm)	拍摄模式	光圈(F)	快门(秒)	曝光补偿(EV)	ISO	WB	对焦方式
24	P	8	1/125	+ 0.3	100	AWB	AF

通过观察
选取合适的拍摄角度

右图为北爱尔兰的小镇伦敦德利，我从城外的小山坡上拍下了这张照片。因为用的是高角度取景，所以可以发现一些平常视线所不能体会到的瞬间。看起来有点像小人国的世界。看着这样的景色几乎让人忘记时间。虽然看不见个人的表情，但静静的观察人们的走动也不乏是一种快乐的享受。正因为从这个角度拍下的照片，才让人感觉到夕阳带来的长长的斜影是那么的有趣。如此拍摄下的精彩瞬间，同样可以让看照片的人一同感受现场的气氛。

Check Point

要合理运用背景的取舍

高角度取景时构图中很容易出现过多的地面。但要注意风景才是我们的被摄主体。拍摄放在桌上的景物时可以选择一些简洁的背景，以使被摄主体更加凸显，但是在拍摄其他的主体时就不是这么容易了。取景是一种加减法。为了凸显被摄主体而除去多余的背景是一种减法，为了说明被摄主体周边的状况而适当的添加一些背景则是一种加法。高角度取景时，虚化背景处理或是选择比较简洁的背景这样的减法取景不太容易。这种情况下积极的选择好的背景，运用加法精选构图比较好。

Stepup!

Q 把黄昏的景色拍摄的更像黄昏 → A 调整白平衡 P.92

Data!

焦距(mm)	拍摄模式	光圈(F)	快门(秒)	曝光补偿(EV)	ISO	WB	对焦方式
28	P	5.6	1/100	±0	100	☀	AF

使用微距镜头可以拍摄到不同的世界

拍摄细小的主题时使用微距镜头比较方便。如果你用的是小型数码相机，把摄影模式调到微距模式即可达到放大摄影的效果，也就是说可以让小小的被摄主体占满全部画面。使用数码单反相机配置标准镜头时，即使把摄影模式调成微距也难于达到预期的效果，因为即使定好构图也可能因为距离被摄主体太近而无法对焦。在拍摄花草时，根据其形状或特点的不同，摄影角度要做适当的调整，总的来说从上向下的高角度取景方式比较多，像右边的照片这样从正上方拍摄的机会也比较多。偶尔飞来的小蜜蜂给这张照片带来了一点点缀。

Check Point

微距摄影时背景和主体要协调

不要因为被摄主体是细小的就用微距镜头让它满满的占领整个画面。应该和拍摄其他主体时一样，为了得到印象深刻的构图，考虑一下背景和主体的协调性。是把周围的情景一起摄入，或是把主体的一部分加以扩大，取景方法可以有多种。微距摄影时要注意的是对焦，因为比起一般的摄影，拍摄距离极端接近导致焦点深度非常浅，这使得对焦变得非常敏感。一点点的焦点变动都会使焦点不实变得极其显眼，很容易毁了整个照片。

Stepup!

Q 如何防止手抖动 → A 调高感光度（ISO） P.90

Data!

焦距(mm)	拍摄模式	光圈(F)	快门(秒)	曝光补偿(EV)	ISO	WB	对焦方式
100	P	8	1/125	+ 0.7	400	AWB	AF

注意背景的处理

可以让照片更加富有魅力。
不要只注意到被摄主体，适当的处理好背景

处理好背景不但可以使被摄主体更加突出，也影响到整个照片的效果。碍眼的东西拍在照片里时可以用图像处理软件加以调整或删除。但是过分的修改可能会使照片变得不自然、不协调。所以在拍照之前就要考虑到这些问题，处理好这些细节。

如果有碍眼的东西在被摄主体的旁边，或者是和被摄主体重叠在一起，图像处理的难易度会大大增加，即使是使用高超的技巧把它消除掉也会让照片很不自然。再强调一遍，不要把时间浪费到后期的图像处理上，在拍摄时多用心就能解决这些问题。

如果背景过于杂乱，调整镜头光圈使焦距深度变浅可以使背景虚化，但是这种方法的效果是有限的，杂乱的背景依然还会存在。适当的调整一下拍摄位置或是拍摄角度可以使背景的处理变得非常简单。因此在拍照片时不要过分追求被摄主体而忽略背景的处理，要仔细观察画面的每个角落。

在镜头的焦点距离、拍摄距离、被摄主体和背景的距离上多下功夫可以让背景虚化，虚化背景可以使被摄主体显得更加突出、更加耀眼。

距离

范围

画面的周围如果有碍眼的东西，人们的视线就可能被这些与被摄主体无关的东西所吸引。调整取景构图把它从画面中去除出去。

形状

使用广角镜头或是远离被摄主体时，焦点深度会变得很深以至于很难虚化背景，这种时候尽量选比较简单的背景。

颜色

被摄主体和背景颜色的搭配很重要。即使背景非常简单，但因为颜色搭配的缘故，被摄主体有时会凸显，有时却会被埋没。

画面的背景处理要考虑季节因素

避开刺眼的太阳光，猫在树荫下悠闲地卧着。我从各种角度拍来拍去，但就是无法把这种夏日里的悠闲情调表现出来。当我绕到猫的背后时突然发现背景里有卖冰激凌的移动贩卖车。但是，猫在树荫下，移动贩卖车却在刺眼的日光里，两者的明暗对比太大了。好不容易找到了我想要的夏日情调，却由于背景过于白亮只得作罢。于是我调整了曝光补偿，或许那只猫知道我要拍它，微微的转过脸来给了我一个姿势。我拍到了一张感觉不错的照片。

选择有季节性的背景

Check Point

选择背景要有季节感

背景的处理方法多种多样，既可以让它虚也可以让它实，不管选什么样的背景首先要考虑到被摄主体和它的协调性。如果可能的话选择有季节性的背景会更好。不管背景有多么虚，颜色和明暗对比还是能够让人感受到季节的。比如说比较鲜艳的绿色虚化背景会有春天或者夏天的感觉。而低明暗对比的褐色背景则让人更多地联想到秋天或是冬天。通过照片表现季节时还应该注意被摄主体的反射光强弱，当然考虑到背景的色彩选择会更好。同样，对于创作作品不利的部分，尽量把它从你的取景器中去除。

Stepup!

Q 想要微调背景的虚化 → A改变一下光圈试试 P.86

Data!

焦距（mm）	拍摄模式	光圈（F）	快门（秒）	曝光补偿（EV）	ISO	WB	对焦方式
200	P	5.6	1/400	– 0.7	200	☀	AF

合理利用被摄主体的反光 使照片有了梦幻般的感觉

漫步在巴黎街头，边走边拍照是我的一大乐趣，带着春天气息，华丽光彩的橱窗展现在我的眼前。橱窗里面的展品的背景是乏味的墙壁，但是巴黎街巷的景色却像多重曝光一样的映射在橱窗里面，就像是有距离的风景一样。橱窗内外的光亮差生成了魔镜般的效果。如果你觉得它是碍眼的东西时可以使用 PL 滤光镜减轻或去除。我更喜欢换一换拍摄的角度，找出一个能够让衣装和街头景色协调一致的位置来进行拍摄。

Check Point

拍街头生活照重要的是要手脚轻快，轻装上阵

街景照片是指捕捉被摄主体自然的表情、姿势，能表现出动作一瞬间的气氛。拍街景照片时最重要的是要手脚轻快，与其考虑是否要换镜头，变焦距，还不如移动位置去调整拍摄角度和距离，这样可能更容易抢到拍摄的瞬间。提高这种意识可以让你的身体顺其自然的移动，那样的话，即使是只有一只变焦镜头，你都可以对付任何被摄主体或者景色。当然了，为了能够手脚轻快，你必须的首先要轻装上阵。

Stepup!

Q 希望提高华丽程度 → A 强调一下色彩 P.110

Data!

焦距（mm）	拍摄模式	光圈（F）	快门（秒）	曝光补偿（EV）	ISO	WB	对焦方式
24	P	5.6	1/60	－0.7	200	AWB	AF

调整背景的虚化程度令画面有所改善

在拍摄蝴蝶或是昆虫等细小的主体时，放大的倍率越大，背景的虚化程度也就越大。当然背景虚化的越厉害就越加突显被摄主体的存在，这本来是件好事。但不幸的是大家拍的照片也就雷同了。花的周围如果只是虚化的草木的话，背景会显得绿色一片从而让照片显得太过深沉。这时候加点蓝天或是选择有深度的背景都可以让照片不至于太深沉。这张照片是一只蝴蝶在吸取花蜜，背景则选了一条延伸的小路。仅仅如此使照片的效果大有改变。

Check Point

找到最有效果的焦点位置

焦点深度越浅，对焦的位置就越重要。但这并不是说焦点深度越深对焦就可以不必太用心。在拍摄快门瞬间难以捕捉的照片时，你必须在第一时间就判断好焦点。但在使用三脚架拍照时，可以试试变一变焦点位置，当然把焦点对在你最想让人看的地方。比如说在拍摄人物时眼睛是最重要的焦点位置。但是如果把焦点位置转移到嘴唇，耳朵等其他的部分拍上几张照片也无妨。如果看照片的人没有感觉到效果的话，这些照片可能仅仅会被误解为拍虚了。

Stepup!

Q 想让印象更加柔和点 → A 好好地利用虚化背景 P.98

Data!

焦距(mm)	拍摄模式	光圈(F)	快门(秒)	曝光补偿(EV)	ISO	WB	对焦方式
50	P	5.6	1/800	±0	100	☀	AF

背景光线的合理利用会使照片富于动感

我在自家附近小院子门前发现了这只小小的雕塑，青蛙的样子很奇特，而且背景光线的明暗对比也很漂亮。于是我决定拍下它。反射着光线的部分远远的虚化，这让人很满意，但是它和中间的青蛙重叠在了一起却有些破坏画面。我慎重地调整了拍摄角度。因为没有用三脚架，手持相机拍摄微距时稍微手动一下背景的样子都会有很大的变化。这种境况下很容易发生对焦不准或者手动造成虚像，所以最好还是用三脚架比较有把握。还好，我拍下的这张照片既可以感觉到背景的动感，似乎可以听到青蛙的歌声从远处传来。

热闹的背景让照片产生动感

Check Point

试着拍几张确认一下背景虚化的程度

为了强调被摄主体而虚化背景是很重要，但如果连拍摄的主体也虚了的话就没什么意义了。这时，试着拍几张确认一下背景虚化的程度比较好。如果相机上带有景深确认按钮的话，按住它就可以通过取景器对景深加以确认了。如果是数码相机的话，拍上几张看看最好不过。构图、对焦、明暗、色调加上背景虚化程度同时都可以进行确认。平时就养成这种好习惯，可以有效的防止失败。特别强调的是在拍微距照片的时候，更要注意这个问题。

Stepup!

Q 想确认背景虚化程度 → A 使用光圈优先摄影模式 P.26

Data!

焦距（mm）	拍摄模式	光圈（F）	快门（秒）	曝光补偿（EV）	ISO	WB	对焦方式
100	P	2.8	1/60	+ 0.3	100	AWB	AF

2005
2005
SNOW ROUTE
NO STANDING
DURING EMERGENCY
VEHICLES TOWED
NO STANDING

INFORMATION
HARLEM LIN

Chapter 4

熟练掌控你的数码单反

曝光的基础知识

“通过调节光圈和快门速度的组合来调整曝光量”

照片的曝光量是由调节光圈和快门速度的组合，以及ISO感光度来确定的。这和胶卷相机的原理一样。光圈和快门速度是调节照射到感光器的光量的两个决定性因素。光圈负责调节镜头的入射光量，而快门则是调节感光器的曝光时间长短的。

要想保持同样的曝光量，要么放大光圈缩短快门时间，要么缩小光圈并加长快门时间。光圈和快门速度有着相辅关系，也就是说要想得到适量的曝光量，可以有很多种光圈和快门速度的组合。把光圈放大1挡，快门速度调快1倍即可得到相同的曝光效果。比如说，快门速度1/30秒，光圈F11时的曝光和光圈F8，快门速度1/60秒的曝光是一样的，用这两种组合拍摄下来的照片的亮度是一样的。如何选择光圈和快门速度的组合需要看你所要达到的摄影效果如何。

即使如此，数码单反相机一般都有自动曝光调节系统，它会自动计算出最合适的光圈与快门速度的组合，拍摄者一般没有必要考虑的太复杂。

曝光时光圈和快门速度的组合

为了得到同样的曝光量，光圈和快门速度的组合可以有很多种。他们之间的关系如同水管的开口（光圈）和放水的时间（快门速度），为了取得同样量的水，水管开口小，放水的时间就要长，反过来水管开口大，放水的时间就要短。

光圈小，快门速度就慢。

光圈大，快门速度就快。

光圈和快门速度的组合变化引起的照片效果的不同

光圈	F2	F2.8	F4	F5.6	F8	F11	F16	F22	F32
快门速度（秒）	1/1000	1/500	1/250	1/125	1/60	1/30	1/15	1/8	1/4

要得到同样的曝光量，光圈和快门速度的组合可以有很多种。上面的3张照片曝光量一样，但是由于光圈不一样，背景的虚化程度大有区别。因为被摄主体是静止不动的，快门速度的变化没有引起变化。

光圈	F2	F2.8	F4	F5.6	F8	F11	F16	F22	F32
快门速度（秒）	1/4000	1/2000	1/1000	1/500	1/250	1/125	1/60	1/30	1/15

被摄主体在变动的情况下，你可以看到动感在变化。上面的3张照片曝光量一样，但由于快门速度不一样，我们明显会感觉到水流的差异。当然光圈的不同导致背景的虚化程度也有一些变化。

控制光圈

**“调整画面整体的清晰度，虚化背景，
来看看光圈变化所带来的不同效果”**

光圈一般装置在镜头里用于调节光量的大小。光圈值由镜头开口部的口径比所决定，一般称之为F值，F值越小进入镜头光量越多，F值越大进入镜头光量越小。光量变化一倍，F值发生1挡的变化。但是为了能够更细腻的调整光量，一般相机把光圈变化分为1/3挡阶梯。

F值变小时光圈开口的部分会变大，我们称之为放大光圈，反过来F值变大时光圈开口部分会变小，我们称之为缩小光圈。把镜头的光圈开到最大时称之为光圈开放。

光圈和被摄主体的景深有着密切的联系。所谓景深是指对焦主体前后清晰的范围。对焦物体前面的深度比较浅，后面则比较深一些。

景深也会随着拍摄时镜头的焦距，拍摄的距离而变化，不过总的来说放大光圈景深会变浅，反过来缩小光圈景深会变深。当需要被摄主体前后都虚化的照片时，放大光圈。反之当需要把被摄主体前后的景色都清晰地拍下来时，则要缩小光圈。只有你自己知道想拍什么样的效果的照片，你才可以自由的控制好光圈。

光圈和曝光量的关系

F值越小，光圈开放的越大，通过镜头进入的光量也就越多。反过来F值越大，光圈缩小的越小，通过镜头进入的光量也就越少。

曝光量

开放 缩小

光圈 F1.4 -------- F2 -------- F2.8 -------- F4 -------- F5.6 -------- F8 -------- F11 -------- F16 -------- F22

所谓景深?

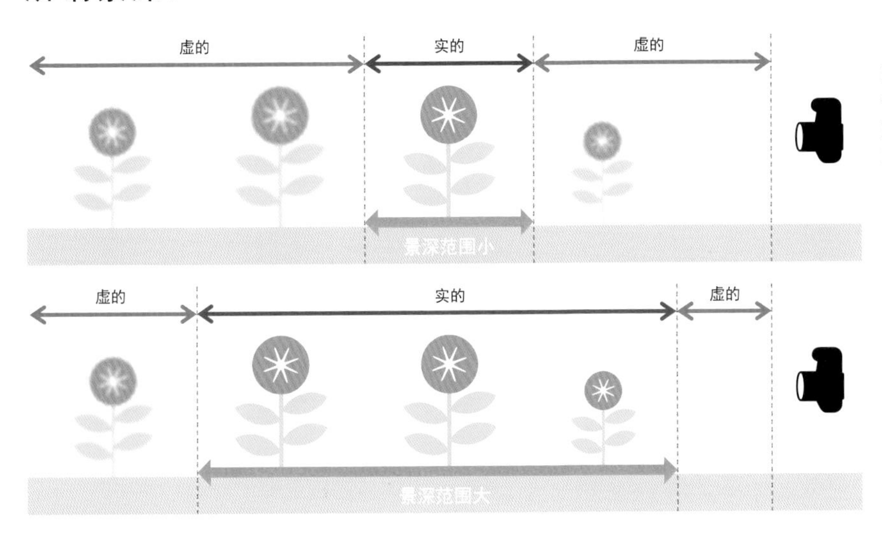

目视情况下，对焦准确的范围。这个范围越狭隘被摄主体前后的虚化程度越大，范围越大，被摄主体前后都会比较清晰。

光圈变化所造成的景深的变化

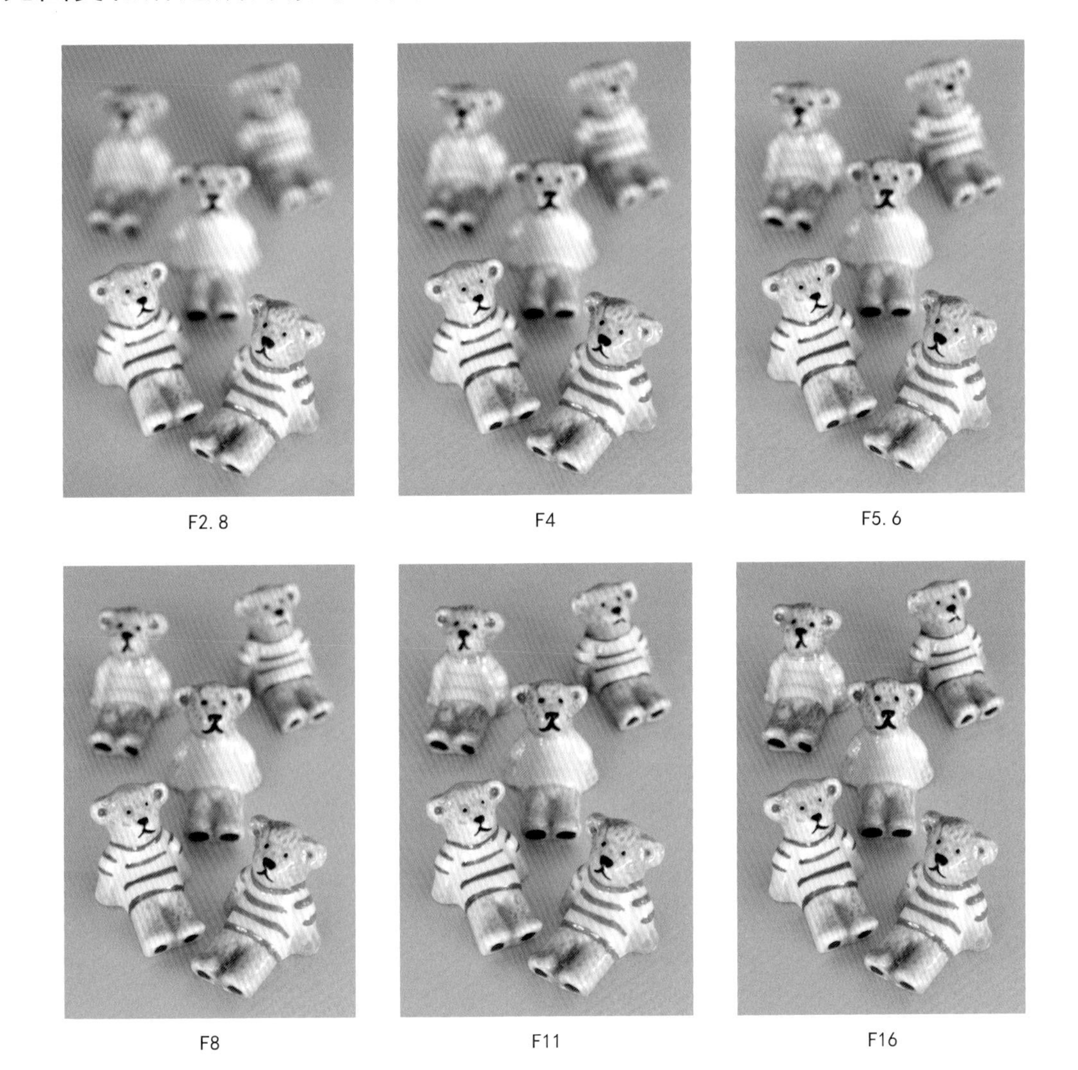

F2.8　F4　F5.6

F8　F11　F16

控制快门速度

“把快速移动的物体拍摄定格，或是特意拍出动感，
用控制快门速度来表现这种跃动及流动的感觉”

快门速度和光圈结合起来可以控制镜头的入射光量，快门速度调节的是曝光时间的长短。1/60秒，1/500秒的快门速度有时也可简化称之为60，500。

通过提高快门速度，我们可以拍下运动场面里一瞬间的动作。快门速度由被摄主体的运动速度而决定。为了得到高速的快门速度，光圈一般都是开放的。因此，需要高速快门时F值较小的镜头比较有利。如果开放光圈也不能得到所需要的快门速度，试试改变一下ISO感光度，最近的单反数码相机即使是在高ISO感光度时也不会有太多噪点，画质非常清晰。

放慢快门速度时被摄主体会在照片上留下带有动感的痕迹。利用这种效果可以表现跃动及流动的感觉。但是要注意不要把快门速度调得太慢，因为曝光时间过长有时会起反作用。快门速度慢时，手持相机拍摄会导致抖动造成像虚，所以建议使用三脚架。

快门速度和曝光量的关系

快门速度调高可以把快速移动的物体拍清晰，但是光量却会减少。反过来调慢快门速度光量会增加，但是被摄主体会在照片上留下带有动感的痕迹。

曝光量

慢　快

快门速度　1　1/2　1/4　1/8　1/15　1/30　1/60　1/125　1/250　1/500　1/1000　（秒）

拍摄移动的物体会因为快门速度变化而产生各种效果

高速快门

快门速度越快，快速移动的物体越容易被拍清晰。可避免拍摄者的手抖动造成虚像和被摄主体的抖动造成虚像。

低速快门

快门速度越慢，被摄主体会越容易在画面上留下流动的痕迹。容易产生拍摄者的手抖动造成虚像和被摄主体的抖造成虚像。

快门速度引起的动感变化

1/15秒

1/8秒

1/4秒

1/2秒

1秒

2秒

调高感光度以防手抖动造成虚像

“在光线不足而且又无法使用三脚架的情况下，高ISO可以让你捕捉到清晰的影像”

快门速度慢而容易引起手抖动造成虚像或是被摄主体的抖动造成虚像。比起广角镜头，望远镜头更容易引起抖动。特别是在使用高倍率变焦镜头拍照时要注意。

为了防止手抖动造成虚像，建议使用三脚架或者是带有防抖性能的镜头拍照。但是这并不能防止被摄主体的抖动。使用高速快门可以同时防止手抖动造成虚像或是被摄主体的抖动造成虚像。但是在光亮不足的情况下无法再提高快门速度时，应该考虑调整一下ISO感光度。

在使用胶卷相机的时代，因为胶卷的ISO感光度是固定的，所以通常是通过更换不同感光度的胶卷来对应不同情况。

数码相机好就好在ISO感光度可以随时随地的改变。因此，你可以从屋内走向屋外，从中午到日落这样摄影条件发生变化时及时调整ISO感光度的设定。

ISO感光度越高感光器的噪点就越多，这使得拍摄的照片显得很粗糙。但是很显然使用低ISO感光度，照片的噪点虽然很少，但是由于手抖造成虚像动所带来的失败照片更是无法容忍的。最近有自动调节ISO功能的相机开始上市，可以防止不必要的由于手抖动造成虚像所带来的失败。

手抖动造成虚像和被摄主体抖动造成虚像的区别

手抖动

手抖动造成虚像的照片一般看起来是两重像，好像是对焦不准似的，不光是被摄主体，照片全体显得不清晰。

被摄主体晃动

上图被摄主体看起来有点流动，显得不清晰。使用三脚架或是防抖镜头对被摄主体抖动造成虚像起不到什么作用。

调高ISO感光度确保快门速度

防止手抖动

在室内等比较昏暗的地方，比较容易发生手抖动，这时调高ISO感光度为好。特别是使用望远镜头时要多加注意。

防止拍摄主体晃动

在室外拍摄快速移动的物体时有可能发生被摄主体晃动造成虚像，天气不好的日子或者是黄昏时要小心。

ISO感光度的不同而引起画质的差别

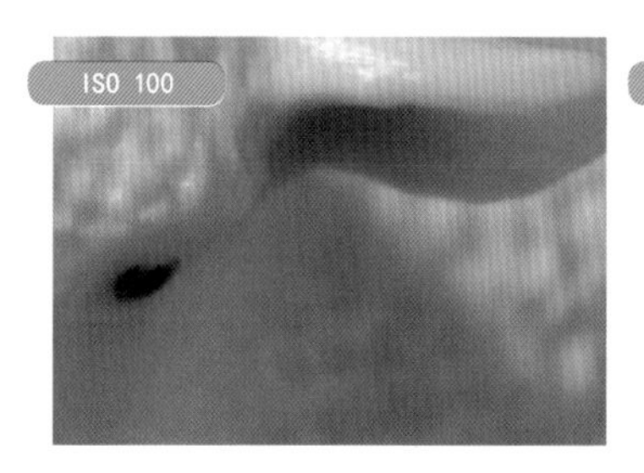

ISO 100

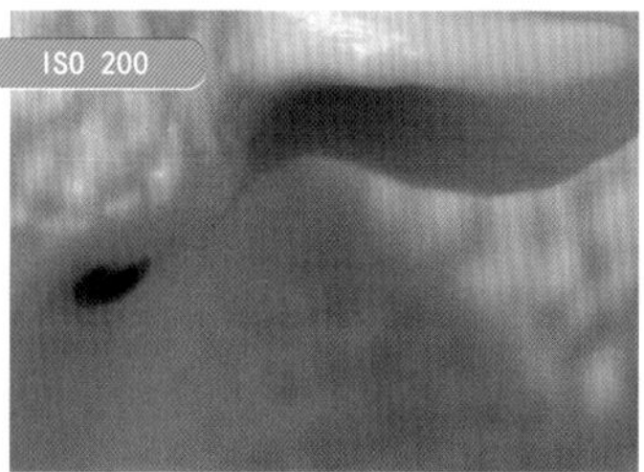

ISO 200

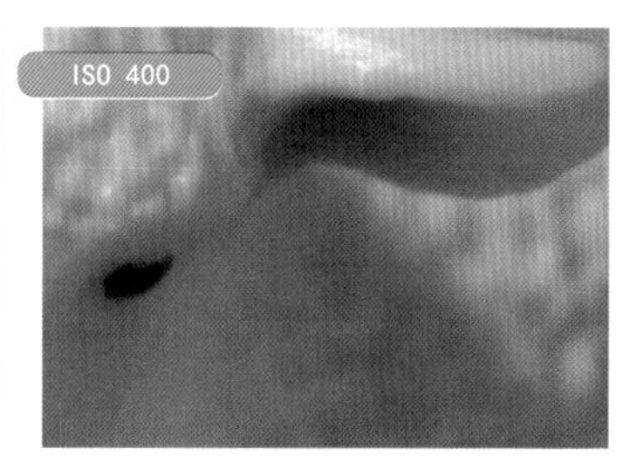

ISO 400

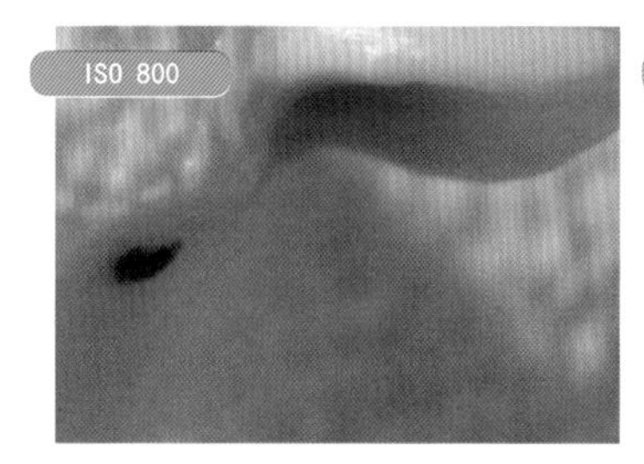

ISO 800

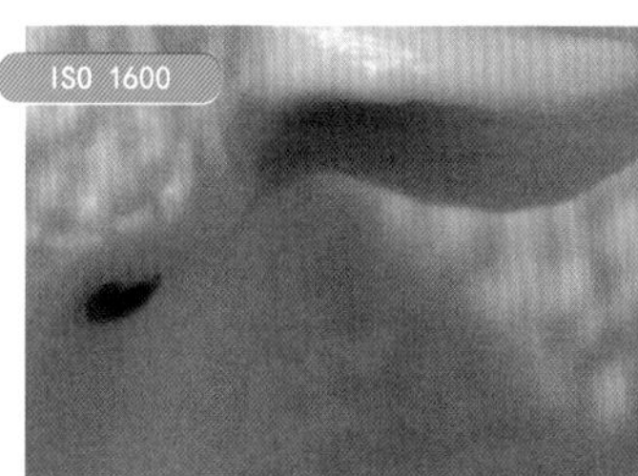

ISO 1600

ISO感光度越高感光器的噪点就越多，感光器的不一样噪点的程度也不尽相同。最近有去除噪点功能的相机逐渐普及，但去除噪点的副作用是照片会显得不太清晰。

Check it!

防抖动性能的便利之处!

为了防止抖动，一般认为快门速度要1/（焦距x2）秒以上。因此，望远镜头需要高速快门。也可以提高ISO感光度来解决这个问题。有防抖动性能的相机或是镜头一般有2至4倍的防抖效果。如果防抖性能是内藏在机身里的那不管装上什么镜头都有效，反之如果防抖功能是内藏在镜头里的话，只有在使用这只镜头时才有效果。

如何控制白平衡

**“应对光线的种类和状态来调整白平衡
使照片的色调会更加自然”**

拍照时的光线包含不同种类和状态，这使得拍下来的照片的色调产生差异。白色是照片色调的基准。只有白色的东西在拍下的照片里呈现为白色时，其他物体的色调才会真实。但是问题在于人的眼睛不管在什么状态下都会自动辨识白色，这是因为大脑在自动调节。照相机却没有这么聪明。

太阳光在白天是白色的，但是早晨或傍晚时却显得泛红。白炽灯的光线发红、日光灯则发青。白色的物体如果不能正确的显现为白色，整个照片的色调就会变得很不自然，这也就是我们为什么要调节白平衡的原因。

调节照相机的白平衡有几种方法，一般相机都有应对各种情况的白平衡自动调节模式。另外还有可以根据光线种类和状态可自选的太阳光、阴天、阴影下、白炽灯、日光灯等等模式。

最近的数码相机的自动白平衡调节功能越来越精确，一般情况下都可以得到好的结果。但是为了能够拍到更加自然的色调，有时候根据光线种类和状态自选白平衡更好。另外特意利用白平衡还可以拍到像是使用了滤色镜一样的照片，会给你的照片带来另一番别有特色的魅力。

各种光线和颜色

自然光	光的颜色	人工光
晴朗的蓝天 阴影下	发青	
阴天	↓	
直射太阳光	发白	闪光灯 日光灯（昼光色） 日光灯（昼白色） 日光灯（白色） 日光灯（暖白色） 水银灯
	发黄	气体放电灯 白炽灯
夕阳	↓	
	发红	烛光

日常生活当中的空间里有各种各样的光线。在这个光线当中既有带有红色的光，也有带青色的光。

运用白平衡让照片的色调更加印象深刻

自动

太阳光

阴影下

强调傍晚的颜色

要想表现出傍晚天空自然的景色，自动调节白平衡模式所带来的是没有生气的色调。换一换白平衡你可以看到傍晚天空的颜色渐渐泛红，照片也因此而显得有了生气。

自动

太阳光

日光灯

让夜色更加自然

自动调节白平衡或是设定为太阳光都不能让你得到满意的色调。特别是日本的夜色里日光灯和水银灯比较多，把白平衡设定为日光灯会更加自然。

15€
du lundi au samedi
de 9h00 à 21h00
le dimanche
de 9h00 à 14h00
et de 15h00 à 18h00
Retrouvez toutes

HOTEL DU LOUVRE

Chapter 5

强调气氛的创作技巧

Start Book

利用抖动和虚化使照片更具有魅力

“利用抖动和虚化可以使照片更加富有动感，更加富有空间感，更加有气氛”

有时候仅仅拍下清晰的照片显得很平凡。故意运用抖动或是虚化的手法可以使照片更具有个性化。在无法防止被摄主体的抖动或是使用长焦距镜头拍摄焦点深度浅的照片时，很难控制好对焦。这时不妨试试利用抖动和虚化的效果。

利用被摄主体的抖动造成虚像表现动感时，被摄主体以外的部分也变虚的话就没有什么效果了。快门速度太慢以致发生手抖动造成虚像的话，被摄主体的动感也就无从说起，所以这种情况下使用三脚架是必不可少的对策。

另外，快门速度的控制也很重要。速度太快被摄主体的移动量太少，速度太慢被摄主体的移动量太多，拍不到理想的照片。所以要依照被摄主体的移动速度来决定快门速度。虚化背景的道理也是一样的，也就是说背景虚化过头或是不够都会使照片达不到理想的效果。

当然对焦的位置也很重要，一边确认焦点深度一边拍照比较好。一般的数码单反相机通过光学取景器只能看到光圈开放时的效果，按镜头上的光圈预测键可以让你确认焦点深度。当然了数码相机可以即时确认照片，试拍一张看看效果是最好不过的了。

有一个大光圈镜头比较方便

单焦点镜头一般都很有个性，而且F值小光圈大，镜头都很明亮。F2.8的变焦镜头都比较贵，所以我建议买一款50mm，F1.4或者是F1.8的，相对来讲较便宜的镜头。这种镜头可以让你得到意想不到的虚化效果。另外快门速度可以更快也有利于防抖。不妨放一只在你的相机包里。

抖动带来了有动感的照片

1/15秒

1/4秒

虚化带来了有空间气氛的照片

50mm/F1.4

135mm/F5.6

用低速快门拍下早晨的海浪

把相机固定在支起的三脚架上，我拍下了这张海浪的照片。随着时间的变化天空也渐渐出现了色彩，同时这色彩也映照在大海上，天也逐渐亮了起来。曝光使用的是光圈优先自动模式，光圈为F8。快门速度当然就是靠照相机来把握了。在刚开始的时候，快门速度是几分钟，渐渐的变成了几十秒，几秒，快门速度变得越来越快。海浪冲向海岸的速度几乎不变，天空和大海的颜色，海浪翻滚变化的样子都时时刻刻被拍摄下来了。太阳从水平线上升去时，摄影也就结束了。轻柔华润，像是在滑动着的丝绸一样的海浪展现在人们的眼前。

使用光圈优先模式拍拍晃动的乐趣

Check Point

使用 AF 难以对焦时，不妨试用 MF

自动对焦功能是非常方便的功能，但是其功能会因为机种不同而有差异。另外，不管是多么好的相机，明暗对比不是很明显且比较平坦的被摄主体对焦都比较困难。有条件的情况下，在使用方法上下下功夫或是试试手动对焦，这都是需要拍摄者用心的地方。要熟悉自己相机的优点和缺点、长处与短处，遂心应手的分开自动对焦和手动对焦的时机。另外要注意自动对焦镜头的无限远并不是把对焦环转到底，而是快转到底的位置，拍摄夜景时需要把焦点调到无限远的时候，要多多注意。

Stepup!

Q 想强调早晚的色调 → A 试试调整白平衡 P.92

Data!

焦距(mm)	拍摄模式	光圈(F)	快门(秒)	曝光补偿(EV)	ISO	WB	对焦方式
200	A	8	1/5	±0	100	☀	MF

使用三脚架拍摄夜景

白天的巴黎虽然不错，但夜晚的巴黎更具有魅力。它会展现与白天截然不同的情景，梦幻般的夜景比比皆是。拍摄夜景不要等到日落天黑了，在落日即将来临之际开始拍摄是最重要的，这样拍到的照片才会漂亮。只有能感受到天空的颜色和细节才可以称之为摄影艺术。自然光和人工光的对比时时刻刻都在变化，短时间内就有无数的拍摄瞬间。汽车或是行船的灯光像是在流动一样，拍下来的照片很有动感，可以增加表现能力。但是要注意由于手抖动所引起的虚化会使动感的魅力减半，所以拍摄夜景时一定要使用三脚架。

Check Point

使用三脚架和快门线，拍到清晰的照片

仅仅因为天黑就使用三脚架会使拍下的照片通常发黑。禁止闪光而借用路灯或者街灯拍照是很重要的，但是很明显它们都要比太阳光暗的多，为了防止手抖动尽量使用三脚架，快门线以及遥控器等等。如果没有快门线或是遥控器，用照相机的自拍功能代替也是可以的。对焦时使用MF（手动对焦）或者是用AF锁定焦点后再换为MF。拍夜景时越清晰越好，因此ISO感光度调节到低感光状态，使用光圈优先模式把光圈调到F8前后比较合适。

Stepup!

Q 想更加接近看到的自然印象 → A 试试调节一下白平衡 P.92

Data!

焦距（mm）	拍摄模式	光圈（F）	快门（秒）	曝光补偿（EV）	ISO	WB	对焦方式
24	A	11	1	±0	100	☀	AF

拍摄人像时焦点的选择

拍摄人物时把焦点对准眼睛是最基本的。可以说这对包括人在内动物是相通的。因为如果不是有创作意图的话，被摄主体的眼睛如果是虚了的话，照片看起来也是虚的。反过来说只要把闪闪发光的眼睛清晰地拍下来的时候，那么被摄主体整个都会显得生气勃勃，魅力十足。吸引出对方的丰富表情是拍摄者的责任，所以说交流的技巧也很重要。仅仅是把镜头对准对方还远远不够，边拍边聊，一边谈笑一边摄影既可以让人感到安心也可以排除紧张，表情也就自然了。另外，与被摄主体的距离也很重要。

尽量多拍几张，然后挑选最好的

数码单反相机的标准变焦镜头一般光圈在 F3.5 以上，为了把人物尽量拍大些，一般都用镜头的望远端从远处拍摄。这样的话没有什么背景，人物会更显得突出。如果使用大光圈镜头（F2.8 以下）的话，使用光圈优先模式，把光圈放到最大，这样即使是广角镜头，背景也会虚化。在拍摄人物时，为了防止对焦不准既要掌握好自动对焦功能的特征，又要尽量多拍几张来提高成功率也是不可缺少的办法。这也是最终能够得到对焦准确而表情富有魅力的照片的诀窍。

Stepup!

Q 拍照时掌握好距离感 → A 用标准镜头拍照 P.56

Data!

焦距（mm）	拍摄模式	光圈（F）	快门（秒）	曝光补偿（EV）	ISO	WB	对焦方式
50	A	1.4	1/1000	+ 0.7	200	AWB	AF

花卉摄影时
背景处理的技巧

在拍摄花的时候，人们常常会把花儿拍的大大的以致占满的整个画面。但是整个画面都是花的照片更像是教科书上的照片。因此在拍花时要注意在花的周围留下一些空间。和漂亮的背景组合起来，不但对花的印象会变，整个照片也会因此而印象深刻。在拍摄焦点深度比较浅的微距摄影时，不光要注意到背景是否虚化，更要注意和被摄主体重叠部分的背景的亮度和颜色。处理好这些问题非常有效。大大虚化的背景固然重要，变化的背景和整体的气氛会使照片更加色彩鲜艳夺目。

Check Point

颜色的搭配一定要尽量突出被摄主体

人的眼睛不仅仅对明暗，而且对颜色也非常的敏感。照片印象受色彩的影响也很大，因此色彩搭配适当、有效的话，照片就会引人注目了。红，黄，绿等原色尤其显眼，如果在画面中占大部分面积，一定会有强烈的存在感。利用这种效果可以使被摄主体受人瞩目，但是背景里原色太多的话也有可能喧宾夺主。如果不知道怎样配色好的话，被摄主体是紫红色的背景就用绿色。被摄主体是黄色的话背景就用蓝色。被摄主体是红色的话背景就用天蓝色等等，也就是说用被摄主体颜色的相反色算是比较好的选择吧。

Stepup!

Q 想让照片更有透明感 → A 在光线上多下功夫 P.46

Data!

焦距(mm)	拍摄模式	光圈(F)	快门(秒)	曝光补偿(EV)	ISO	WB	对焦方式
50	A	2.8	1/400	+ 0.7	100	☀	AF

风景摄影时
运用前景虚化制造效果

有一年的初夏，我到了有名的“红头发的安娜”海岛（加拿大著名的埃德瓦王子岛）去旅游。在那里我看到了很多很多白色或红色的灯塔，非常惹眼。这与满地绿色的小岛很协调。说起风景很容易就联想到广角镜头，实际上运用望远镜头大胆地对风景进行切割也未尝不可。望远使得景深变得很浅，焦点前方的景物比较容易虚化。望远拍摄的时候故意在焦点的前方放进一点前景会很有立体效果。可以让人感受到风景的深度。这要比无限景深的风景照好得多。

前景虚化
富有立体效果

Check Point

利用前景虚化创造立体效果

不要光用广角镜头拍风景，可以试试用望远镜头大胆地切割风景。望远镜头会让远处的风景和近处的风景看起来很接近，好像是距离被压缩了一样。这被称之为压缩效果。可以利用这种压缩效果表现被摄主体的整体感，以及被摄主体和背景的一体感。当然，光用望远镜头切割风景的一部分并没有什么价值，重要的是利用焦点深度的压缩效果，不光在背景更是要在前景上创造虚化的效果。这被称之为“前景虚化”，实践起来并不难，你只要调整一下照相机的角度或是位置就可以了。

Stepup!

Q 想让照片更有透明感 → A 多利用侧光 P.44

Data!

焦距(mm)	拍摄模式	光圈(F)	快门(秒)	曝光补偿(EV)	ISO	WB	对焦方式
200	A	11	1/125	+ 0.3	400	☀	AF

强调色彩
让表现力更加丰富

“通过改变明暗对比和色彩对比来调整你的照片效果”

数码单反相机上有很多的性能，调整其中的内藏功能来拍摄可以达到最佳效果。一般来说照相机的标准设定就可以拍到没有差错的照片。当然根据被摄主体，摄影条件以及拍摄者的意图稍微调节一下个别功能的话效果会更好。

要注意的是不要把色彩、明暗对比调得太高，一旦过头了照片变得不自然的话后悔是来不及的。稍微减一点的照片效果最好。另外从自己事先设定好的几种组合里挑一种合适的设定，结果不至于太坏。

高

明暗对比

明暗对比高的话，照片会显得清白。明暗对比低的话，照片的印象会柔和。明暗对比过高会使视觉感受过于分明，结果显得僵硬，看起来不太自然。

低

标准

色彩对比

色彩调高的话，照片会显得鲜艳。色彩调低的话，照片的印象会比较朴素。有些机型即使是标准设定就已经十分鲜艳了，色彩调的过高会使照片太艳，看起来不太自然。特别是拍摄本来就很鲜艳的东西时，更要多加注意。

高

低

标准

成像模式设定

成像模式设定指的是明暗对比、鲜明度、色彩等项目的组合。根据被摄主体的不同，有事先定好的最佳组合。各个公司的照相机里的名称和组合的内容大同小异。拍照时可以根据爱好自行选择。

人物

风景

标准

改变明暗对比和色彩对比

在法国诺曼底地区旅游的时候，黄昏时刻我碰见了这满天的鱼鳞般的云彩。当时不停地在下着的雨突然停了，天空中露出了蓝天。在日本只有在秋天才能看到的云空，而当时确实是春天。旅行当中一直天气不是太好，终于看见太阳可以照相了，这让我几乎欣喜若狂。海鸥们可能也是同样的心情吧，在看不到头的云空中尽情的飞翔着。试拍了几张我发现白色和蓝色的对比不太分明，调高明暗对比和色彩对比后，得到了右页的效果。

Check Point

使用全对焦，让画面处处都变得清晰

所谓全对焦是指画面的整体都处于对焦的状态，拍风景照时比较多用。全对焦需要让焦点深度达到最深，这种效果的条件一般是使用广角镜头，把光圈尽量缩小，距离被摄主体远一些。把焦点对在画面中间物体的稍微前面一点的位置时景深的效果为最好。如果把焦点对在画面里的太近或是太远的物体时，可能会产生前景虚化或是背景虚化的现象而不易成为全对焦状态。另外要注意光圈缩小的F11以上镜头会产生干涉效果，镜头的清晰度反而会变低。

Stepup!

Q 想拍的更清晰 → A 缩小光圈 P.86

Data!

焦距(mm)	拍摄模式	光圈(F)	快门(秒)	曝光补偿(EV)	ISO	WB	对焦方式
24	P	11	1/200	－0.3	200	☀	AF

鲜艳模式的应用

这是苏格兰的一个港口小镇。在能够看见港口的山坡上耸立着许多白色的房屋，白色的墙壁和盛夏里火辣辣的太阳光相互照射，就好像是有人打着反光板一样。如果是寻常街巷的话，背阴的街角是会显得暗淡一些，但这里的街巷里却是异样的光亮。房檐或是烟筒上正在歇息的海鸥也像是被照上了灯光一样，看起来亮闪闪的都有点不像是真的。为了再现这种刺眼烫人的光线，我把相机设定为鲜艳模式，这样拍出来的照片黑白对比明显，色彩也非常亮丽。

Check Point

随着你的感觉来构图取景

拍摄以建筑物为主的街巷照片和建筑摄影不一样。没有必要考虑水平或垂直等等的细节，可以随着你的感觉自由自在的拍摄。这种情况下使用标准镜头比较好。想拍摄范围广阔一些时用广角镜头，想拍摄大一点时用望远镜头，尽量不要用中焦镜头。想要调整取景范围时多走动一下最好。仅仅把镜头对上去就实拍是拍不到好照片的。有必要在小细节上多引起人们的注意力。如果把颜色也拍出和实物比较接近的话，可以试一试调整一下曝光补偿。

Stepup!

Q 想强调一下拍摄主体的高度 → A 用广角镜头靠近拍摄主体 P.62

Data!

焦距(mm)	拍摄模式	光圈(F)	快门(秒)	曝光补偿(EV)	ISO	WB	对焦方式
50	P	10	1/400	－0.3	200	AWB	AF

风景摄影中冷色调的运用

雨过天晴，太阳光从云缝中透射过来。因为逆光的原因看起来和灰白的天空一样没有色彩。但是在抬头瞭望天空时，正在盛开的樱花却涌入我的眼帘。习惯了一会儿后，我逐渐能够分辨出樱花和天空的细节。但是就这么拍照的话照片会显得很沉重。我想把这种温馨的景色，让人能够感觉到柔软的空气一样的感觉拍下来，于是我放胆把曝光补偿调高，把白平衡设定为荧光灯，让照片留下一点青蓝色，给人一种清淡的感觉。

冷色调使照片增强沉稳的气氛

Check Point

如何实现高调或低调的表现手法

稍微发白而且比较柔和的表现手法称之为高调，稍微发黑比较稳定的表现手法称之为低调。要注意并不是把照片拍的黑一点或者白一点就行了。重要的是画面里的浓淡变化，被摄主体和背景的亮度间协调程度。高调时的光线比较平面一点为好，调高曝光补偿让照片略显明亮。但是要注意不要让画面里有阴影的部分，这会使那阴影部分太扎眼。表现重量感或是紧张感可以用低调的表现方式。既不要过分明亮也不要故意搞得黑乎乎的，亮度要调到正好。这样的话照片的整体印象就显得比较稳妥了。

Stepup!

Q 享受各种各样的色调 → A 调整白平衡 P.92

Data!

焦距(mm)	拍摄模式	光圈(F)	快门(秒)	曝光补偿(EV)	ISO	WB	对焦方式
16	P	8	1/200	+2	100	[白平衡图标]	AF

黄昏时分的风景摄影技巧

我去过法国巴黎很多次，但这次的暮色是给我印象最深的了。照片拍的是从广场的位置朝着凯旋门方向看去的香榭丽舍大街，夕阳让街巷全部变成了戏剧般的橘黄色。眼睛看见的景色是那么的强烈刺眼，拍下来的照片一般都不尽人意。在这种情况下调整白平衡是很重要的，用自动模式会让人不大能感觉到暮色。在这里我把白平衡设定为最泛红色的阴影模式，把拍摄设定为风景模式。这样拍下来的照片就和自己眼睛所看到情景一样鲜艳了。

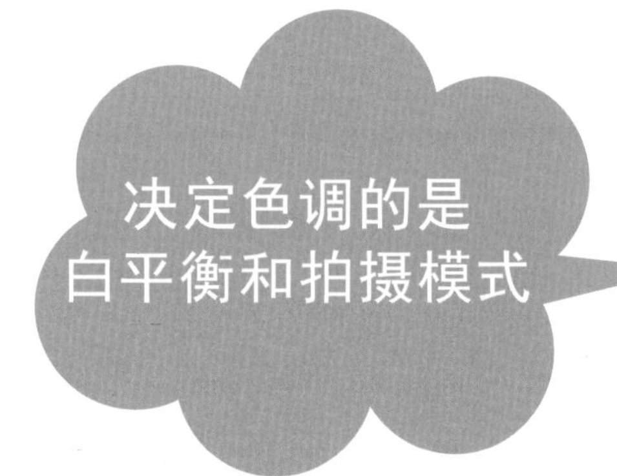

Check Point

把被摄主体拍成剪影，留给人们的印象更加深刻

黄昏的光线属于暖色，这使得画面整体显得有温暖的气氛。数码相机好在可以随时调整白平衡来改变色调。但是如果把曝光时间对应在被摄主体上的话，背景会显得过于明亮而使照片失去黄昏暮色的感觉。在这种情况下把曝光和背景对应起来，把被摄主体拍成剪影，可以给人们留下的印象更加深刻。逆光的情况下也有可能造成曝光不足，照片要比看见的暗一些，这时候也需要调整一下曝光补偿。数码相机的照片一般比较容易曝光过度，但不容易曝光不足，所以在拍照时不妨把曝光补偿调低一些也没有太大问题。

Stepup!

Q 想让照片视觉感强烈 → A 调整黑白对比度 P.110

Data!

焦距（mm）	拍摄模式	光圈（F）	快门（秒）	曝光补偿（EV）	ISO	WB	对焦方式
200	A	11	1/320	－1	100		AF

夜景摄影中
捕捉光线变化的最佳时机

夜晚，当我开着车经过这个小小的渔港时，偶尔发现了这家海鲜餐厅。看到漆黑的夜空渐渐泛白，我决定在这里开始拍片。在准备的过程中天色越来越亮。在这段时间里可以说随时都是拍摄机会。隔一段时间我就拍一张，这样事后可以找到餐厅的灯光和天空的亮度的最佳搭配。其实这和从傍晚到天黑时拍照是一样的，尽量在天空还有点发白时就开拍，这样拍下的夜景照片画面会显得更加丰富。也就是说，拍夜景的最佳时间段是从早到晚或是从晚到早的变化过程中。当天空完全亮起来或黑下去的时候，你的拍摄也该结束了。

在天空刚有些亮时为最好时机

Check Point

如果使用电脑后期修图的话用 RAW 格式拍照很有用

数码相机一般的数据格式是 JPEG，在用电脑处理过程当中，JPEG 格式的数据会发生不同程度的劣化。要想得到更加好的处理效果，虽然必须使用专用软件但用 RAW 格式拍照会更好些。与 JPEG 不同的是你可以在数字显像时调整白平衡或是拍摄模式。也就是说即使是拍照时的设定不对，事后也可以调节照片而且不会使画质劣化。你可以在图像处理时再调节各种设定而不用在拍摄时手忙脚乱。但是要注意和 JPEG 一样，调整亮度可能会使画质变差。

Q 想让色彩的表现力更强 → A 调整拍摄模式 P.110

Data!

焦距（mm）	拍摄模式	光圈（F）	快门（秒）	曝光补偿（EV）	ISO	WB	对焦方式
50	A	11	1/2	－0.3	100	☀	AF

数码单反相机 维修与保养

“相机的保养不仅仅是在拍摄之前，拍摄之后也要清洁相机”

相机店里有很多用来清洁镜头或是相机的清洁用品。每次拍完照以后一定要认真的清扫一番。为了保障能够顺利的拍照，无故障，长久的使用相机，这种工作可以说是必不可少的。

用来吹去灰尘的气吹选择大一些的为好，一般前面带有软刷子使用起来很方便。瓶装的高压清洁气里面是液化气，有可能喷洒出来，危险系数较高，不推荐使用。不要用一般的棉棒，使用专门用来清洁相机的棉棒可以避免不必要的麻烦。

相机的快门或是反光镜通常较脆弱，所以绝对不要碰触，否则会很容易影响相机对焦的精度。另外，如果感光器上沾上灰尘或杂物时，首先试试用气吹看能不能吹下来，不行的话不要勉强，把相机拿到厂商的维修处为好。

如果镜头上沾上灰尘或杂物的话，会影响到照片的画质。特别是进入镜头内部的灰尘，更有可能落在感光器上。一定要注意。有时间的话不妨把镜头盖或是机身盖的里外都进行清洁。

清洁时所需用品

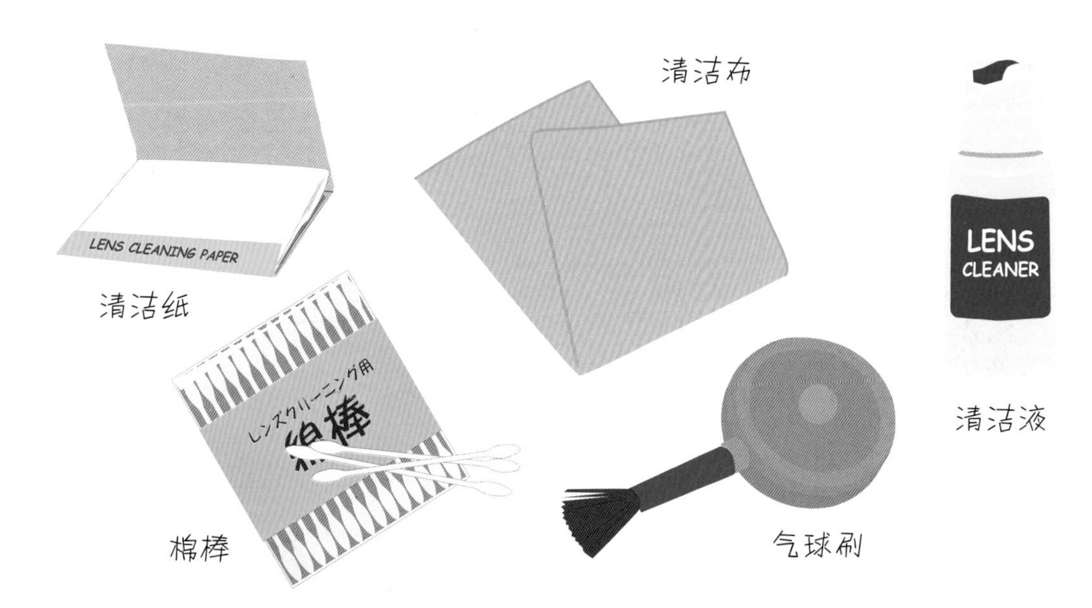

机身的保养

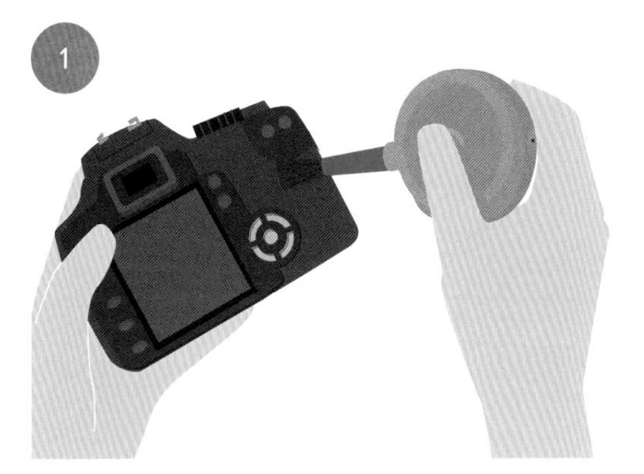

先用气吹把相机整体上的灰尘或是杂物吹一吹。用软刷子轻轻地把转钮或是按钮周围的细缝打扫打扫。

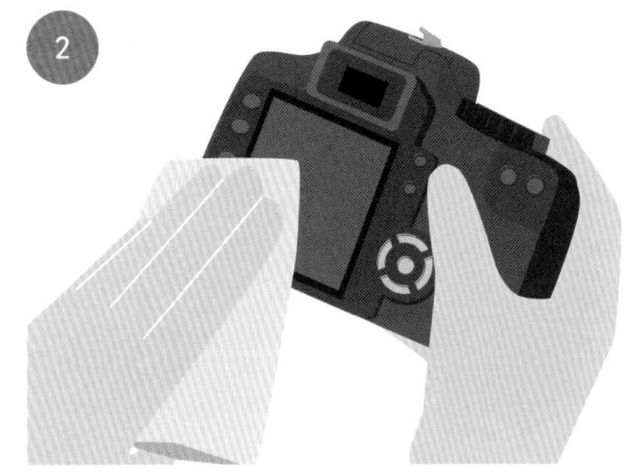

用清洁布把背后的显示器等擦干净。注意不要太过于用力，以免用力过大给机身或是显示器上留下划痕。

镜头的保养

如果有污物或者是灰尘粘在镜头上马上就清洁镜头的话，有可能划伤镜头。在清扫前最好用气吹先吹吹。镜头盖的里面也要清扫的干干净净。

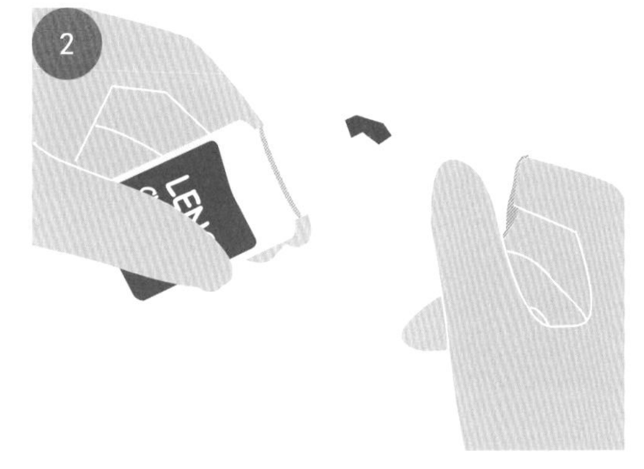

把清洁纸缠裹在手指上，在其前端沾一点清洁液。沾多了的时候可以轻轻甩动几下让其蒸发。

轻轻地像画圆圈似的从镜头的中间渐渐向外移动。边吹气边清扫也是很重要的。

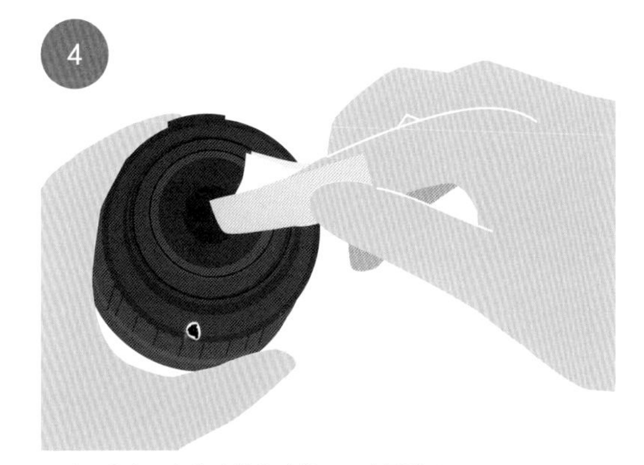

镜头上的灰尘离镜头的外端越近，对摄影图像画质的影响越大。有些灰尘在镜头的侧边角落里，也注意认真清洁。最后，镜头接口和电子接点也要保持干净。

摄影用语轻松解说

CCD
数码相机的感光器的种类之一。

CMOS
数码相机的感光器的种类之一。

EV
曝光量。也是曝光补偿的单位。

Exif
把拍摄日期等照相机的各种设定信息保存在数码文件里时，使用的标准格式。

f值
光圈f值=镜头的焦距、镜头口径的直径，f值越小，在同一时间内的进光量越多。

ISO感光度
感光器对于光线的敏感程度。数值越大感光敏感度就越高，也就是说在黑暗的情况下也比较容易摄影。

JPEG
电脑或是数码相机常用的图像文件格式之一。这种文件一般都经过压缩比较小。

MF
手动对焦。

ND滤镜
是一种无色彩的灰色过滤镜。在特别明亮的地方反而想用低速快门，或是使用大光圈拍摄时把它安装在镜头的前端。

Pixel
指画素，是构成数码像素的最小单位。

RAW
感光器的元数据的文件格式之一。

RAW显像
在胶卷相机的时代，经过处理胶卷让像出现在胶片上的过程称之为显像。数码相机时代，把用RAW格式记录下的照片数据转换为常用的JPEG或是TIFF等数据形式时的数据处理过程称之为RAW显像。

WB
白平衡的英文简写。

X接口
把闪光灯和照相机链接起来的接口规格。

A

暗调（低调）
用比较暗或是比较浓的物体构成画面，使照片整体显得黑暗、比较低调的一种拍摄方法。

B

曝光
用快门速度和光圈大小来决定照片的亮度。

曝光补偿
针对照相机决定的曝光程度，拍摄者进一步进行细微的调整，以使曝光达到理想的状态。

曝光过度
拍摄下来的照片里的明亮的部分过亮，几乎成白色的状态。

白平衡
把白色的主体调整拍成白色。

白平衡自动包围拍摄
每按一次快门按钮，照相机自动的改变白平衡并连续拍摄几张照片。

标准反射板
决定曝光程度的反射率18%的灰色的卡片，也可以用来手动调整白平衡。

白炽灯光
白炽灯发出的光线，比起自然的太阳光来颜色发发暖。

C

存储
把拍摄的照片数据保存在硬盘或是DVD光盘等装置里。

侧逆光
光线从被摄主体的后侧面照射在被摄主体上时的状态。

存储卡
用来存储数码相机拍摄下的照片数据的电子存储卡片。

彩(色)度
颜色的表现程度。

D

对比度
照片里最亮的部分和最暗的部分之间的幅度。明暗分明的照片对比度高，反过来明暗之差不大，画面比较模糊显得色调较柔和的照片对比度低。

点测光
这是照相机的测光方法的一种。特别是想以被摄主体的某一狭小区域为标准测定光量时使用。

多点分割测光
这是照相机的测光方法的一种。把画面分割为多个区域，综合各个区域的光量最终算出合适的曝光量。

顶光
从被摄主体正上方照射的光线。

低角度取景
从比被摄主体低的位置进行摄影的方法之一。

对焦框
自动对焦时用来对焦的取景器里的测距点。有时也被称之为AF区域，或者叫对焦区域。

独脚架
用三只腿支撑照相机的称之为三脚架，与此雷同单脚架是用一只腿支撑相机的工具。比起三脚架来稳定性稍低，但是可以防止手抖动或是相机的上下移动，携带起来也比较方便。

低速同步闪光
一种在快门速度比较慢的情况下使用闪光灯摄影的功能或是技巧。在以夜景为背景拍摄人物的时候，可以使照片中的背景和人物都比较明亮。

动态范围
从全黑到全白，照片可以再现的亮度范围。

F

分辨率
用来定义镜头、相机能够多么细腻的表现被摄主体的性能之一。

反光板
用来反射太阳光或是闪光灯光的白色或是银色的板子。被摄主体上有阴影时可以用反光板补光。

G

高调
用比较明亮或是色彩比较强烈的物体构成画面，使照片整体显得明亮、清晰的拍摄方法之一。

光环
当光线直接照射进镜头时，画面里会出现和光圈的形状一样的光点。

高角度摄影
在相对被摄主体比较高的角度摄影的方法。

高亮度
画面里比较明亮的部分。

光圈
用来调节镜头里面的光线孔大小的装置。可以通过调节光圈值来调整镜头的进光量。

光圈优先自动曝光
摄影者设定好光圈后，照相机在不改变光圈的情况下，根据曝光条件自动变动快门速度。

构图
把被摄主体如何安排在整体画面中的位置。

光学取景器
位于相机的背部用来确认构图的窗口。一般称之为取景器。为了与现有的数码取景器区别开来，我们把应用光学原理而实现的取景器称之为光学取景器。

光源
照明光线的来源。

H

混合光
太阳光，室内灯光等各种光线混合在一起照射在被摄主体上时称之为混合光。

灰阶
从全白到全黑的浓淡的阶段。

黑色部分太暗
拍摄的照片里比较暗淡的部分颜色过黑，以至于没有层次的变化。

红眼现象
在环境比较黑暗的地方使用闪光灯拍照时，在拍下来的照片里，被摄主体的眼睛会呈红色，这是因为发光的瞬间眼球内毛细血管反光而造成的。

J

剪裁
把照片中最合适的部分切割出来。

焦点滞后
焦点不能聚焦在被摄主体上，而是聚焦在被摄主体的后方的位置时称之为焦点滞后。

焦点滞前
焦点不能聚焦在被摄主体上，而是聚焦在被摄主体的前方的位置时称之为焦点滞前。

焦距
从镜头的中心到聚焦面的距离。这个距离短的镜头称之为广角镜头，距离长的镜头称之为望远镜头。

间接光源
把闪光灯的光线反射在墙上，屋顶或是反光板上后再照射在被摄主体。

胶卷相机
使用胶卷拍照的相机。

近摄
想把很细小的物体拍摄的很大时，把相机拿的离被摄主体很近的位置摄影。

景深
聚焦位置的前后看起来比较清晰的范围或是深度。一般聚焦位置的后方的清晰范围比聚焦位置的前方的清晰范围要深一些。

镜头卡口
照相机和镜头上的接口的部分。

镜头遮光
因为镜头遮光罩或是滤光镜而造成的照片四周的阴影。

镜头遮光罩
装配在镜头前端用来防止光线直接照射镜头的圆筒形的配件。

K

宽高比
照片的宽度和高度的尺寸比例。

快门
用来调节进入感光器的光量的装置。

快门延时
按下快门按钮的时刻与实际上快门启动的时刻之间的时差。

快门优先自动曝光
摄影者设定好快门速度后，照相机在不改变快门速度的情况下，根据曝光条件自动变动光圈。

N

浓度
照片颜色的浓淡程度。

逆光
光线从被摄主体的后方射向被摄主体时的状态。

逆光补光
在白天比较明亮的地方使用闪光灯拍照的方法。可以防止逆光的被摄主体在照片里太暗。

P

偏光滤镜（PL）
安装在镜头的前端，用来除去映射在水面或是玻璃表面上影子的反射光。这样可以使有水面或是玻璃表面的被摄主体显得颜色鲜艳。

拍摄倍率
与被摄主体实物的大小相比，拍摄在感光器上的被摄主体的大小是几分之一。

拍摄角度
拍照时照相机与被摄主体之间的角度。或者说是如何把被摄主体放入画面的方法。

拍摄位置
握持相机的位置、方向。

Q

屈光度调节转盘
根据摄影者的视力，用来调节取景器的焦点的设置。

取景
决定把被摄主体如何构图在画面里。

全焦点
画面整体处于对焦的状态。

清晰度
强调画面中图像的轮廓以使照片显得更加鲜明。

R

日光
白天的太阳光。

入射角度
用来表示照片的拍摄范围的角度。

热靴（闪光灯接口）
在照相机机身上装配外接闪光灯等附件时用的卡口，一般多在相机的中上部。

S

散光罩
用来分散光线，使光线变的更加柔和。

锁定曝光
半按下曝光锁定键或是快门键以使曝光程度暂时固定住，在这种状态下改变照相机的取景范围或是构图都不会影响曝光程度。

手动曝光
拍摄者自己设定快门速度和光圈以决定相机的曝光程度。

锁定对焦
轻轻地半按快门对好焦点并保持这种状态。这种情况下焦距会暂时被固定。

手动对焦
拍摄者自己用手转动镜头的对焦圈来对焦的过程。

手抖动造成虚像
在按下快门的瞬间，照相机机身因为拍摄者的手晃动，致使拍摄下的照片整体背景模糊或是被摄物有流动痕迹。

顺光
光线从被摄主体的前方射向被摄主体时的状态。

闪光灯
在过于黑暗的地方，为了补充被摄主体的亮度而可以瞬时发光照射的装置。

闪光指数
用来表示闪光灯的闪光强度的指数。数值越大发光越强烈。罗马字标示为GN。

数码专用镜头
以比使用35mm胶卷小的感光器的数码单反相机为标准设计的数码相机专用的镜头。

视野率
在照片上画面的范围和在取景器里实际看见的范围的比例。

深阴影
照片里最黑暗的部分。

T

特写镜头
可以衔接在镜头的前部，用来放大被摄主体的镜头。使用这种镜头可以让拍摄者更加靠近被摄主体，拍下的物体也就越大。

W

外接快门线
不用直接用手指接触相机快门就可以按下快门的连接线。有时也叫遥控快门线。

外接闪光灯
可以安装在照相机上部的闪光灯。

微距镜头
在近处把像花卉和小饰品这样的细小的东西拍摄的大大的时需用的放大镜头。

无取景摄影
不看取景器拍照片的摄影方法。

X

斜光（侧光）
从被摄主体的侧面照射在被摄主体上的光线。

眩光
直接摄入镜头的光线在镜头或是机身里胡乱反射，使拍摄的照片整体泛白的现象。

虚化
不是很清楚，看起来模模糊糊的感觉。

相机晃动
在按下快门的瞬间，照相机机身因为某种理由而晃动，致使拍摄的照片整体模糊或是被摄主体有流动痕迹。

像素
构成数码相机的图像最小单位。

像素数
构成数码相机图像的像素的总数。

Y

远近感
照片里拍摄到的远处的物体和近处的物体之间的距离感。

云台
安装在三脚架上的用来固定照相机的部分。

有效像素
在数码相机感光器上，实际被使用的像素。

阴影
光线照不到的阴影部分。有时也用来表示画面中的阴暗的部分。

Z

噪点
在数码照片里出现的导致画质变差的杂质。

自动曝光（AE）
照相机自动调整曝光的性能。

自动白平衡（AWB）
为了到达在任何条件下都能让拍下的照片色调自然，照相机具有的自动调节白平衡的功能。

自动程序曝光
照相机根据计算出来的画面的亮度，自动决定拍摄时的快门速度和光圈大小。

自动曝光包围拍摄
照相机自动的，阶段性的改变曝光的程度并连续拍照的功能。常见的是每按一次快门按钮，照相机会自动选择在最佳曝光，曝光过度，曝光不足三个曝光阶段上各拍一张照片。

自动对焦（AF）
半按相机快门时，相机自动把焦点对准拍摄物的功能。

自动对焦补助光
在晚上或是比较昏暗的情况下，为了能够让自动对焦功能正常工作而照射在被摄主体上的补助光线。

最高亮点
照片里最明亮的部分。

最佳曝光
拍摄者认为是最合适照片的亮度。

最小拍摄距离
镜头可以对焦的最近距离。

总像素数
数码相机的感光器的像素总和。

直方图
用来显示照片的亮度分布的图表，用来决定曝光的标准之一。

照片后期制作
拍摄之后的照片使用电脑的图像处理软件等来进行修补或加工处理的过程。

追拍摄影
在拍摄移动速度较快的被摄主体时，使用比较慢的快门速度，根据被摄主体的移动速度、方向而摆动相机的拍摄方法。用这种拍摄方法拍下的照片背景有流动感，整体有速度感。

中央重点平均测光
照相机的测光方式的一种，以画面的中间部分为重点计算出正确的曝光数据。

图书在版编目（CIP）数据

数码单反摄影轻松学 / （日）冈嶋和幸著；井岗路译，——北京：中国摄影出版社，2010.5
ISBN 978-7-80236-438-7

Ⅰ. ①数… Ⅱ. ①冈… ②井… Ⅲ. ①数字照相机：单镜头反光照相机－摄影技术 Ⅳ. ①TB86②J41

中国版本图书馆CIP数据核字（2010）第084322号

出版境外图书合同登记号：01-2010-2693
BOOK TO START DIGITAL SINGLE LENS REFREX

书　　名：数码单反摄影轻松学
作　　者：冈嶋和幸（日）
译　　者：井岗路
责任编辑：魏长水
装帧设计：王　彪
出　　版：中国摄影出版社
　　　　　地址：北京东单红星胡同61号　邮编：100005
　　　　　发行部：010-65136125　65280977
　　　　　网址：www.cpphbook.com
　　　　　邮箱：office@cpphbook.com
印　　刷：北京杰诚雅创文化传播有限公司
开　　本：16开
纸张规格：787mm×1092mm
印　　张：8
字　　数：60千字
版　　次：2010年5月第1版
印　　次：2010年5月第1次印刷
印　　数：1——5000册
I S B N　978-7-80236-438-7
定　　价：45.00元